JN317609

劇文庫

福田善之

I

真田風雲録

YOSHIYUKI FUKUDA

早川書房

6264

目次

真田風雲録　7
解説／北村　薫　169

福田善之Ⅰ

真田風雲録

真田風雲録

登場人物

むささびのお霧《きり》（のちに霧隠《きりがくれ》才蔵）
離《はな》れ猿《ざる》の佐助（のちに猿飛佐助）
ずく入の清次（のちに三好《みよし》清海入道）
どもりの伊三《いさ》（のちに三好伊三入道）
かわうその六（のちに海野《うんの》六郎）
根津甚八《じんぱち》
筧《かけい》　十蔵
望月《もちづき》六郎
由利鎌之《かまの》助《すけ》
穴山小助
――以上ご存じ真田《さなだ》十勇士
真田幸村《ゆきむら》
大野修理《しゅり》（大坂城執権《しっけん》職）
大野道犬《どうけん》（修理の父）

織田《おだ》有楽斎《うらくさい》
後藤又兵衛《またべえ》
木村重成《しげなり》
豊臣秀頼《とよとみひでより》
淀《よど》　君《ぎみ》
千《せん》　姫《ひめ》
根津甚八の少年時代
関ヶ原の武者A
〃　　　　B
茶坊主《ちゃぼうず》
人足頭
坂崎出《で》羽守《わのかみ》
徳川方の将兵たち
豊臣方の将兵たち

第一　風の巻

大太鼓《おおだいこ》で幕《まく》があく。
武士、農民、商人などなど、それらしきいでたちの男女十人ばかり、歌い舞《ま》う。

「下剋上《げこくじょう》のブルース（あるいはロック）」

人をみたら鬼《おに》とおもえ
鬼をみたらわれとおもえ
きのうの友はきょうの敵ぞ
きのうの敵もきょうの敵ぞ
股《また》からのぞけば天地はさかさ
にっこりわらって主を刺さん　ホイ

風うならば腕《うで》を撫《ぶ》さん
波たけらば舌なめずらん
弱きをねらい強きに日和《ひよ》れ
ひとすじの槍《やり》か三寸の舌か
股《また》からのぞけば天地はさかさ
にっこりわらって妻を捨てん　ホイ

つぎのような内容、あるいは気持ち、を文書化して示したい——

「十六世紀の日本は戦争ばっかりだった。戦国大名の争いが、足軽の子豊臣秀吉《とよとみひでよし》の制覇《せいは》によって一応おわると、つぎは朝鮮《ちようせん》戦争だった。

と同時に——農業技術の進歩などによる生産力の拡大、商業の隆盛《りゆうせい》、貨幣《かへい》の全国的流通。そして海外貿易の発展によるヨーロッパ文明の流入。キリスト教。日本は大きく変わろうとしていた。いや、変わる条件だけは充分《じゆうぶん》だった」

右をぼくの拙文《せつぶん》でなく、たとえば「くにのあゆみ」かなんかからの引用文でできればごきげん。絵図など使用もよろしい。

さて、第一場がはじまる。遠く聞こえる合戦のひびき。ドドンジャン、うわァ。

その一　関ヶ原の夜、八勇士相会する事

「一六〇〇（慶長五《けいちょう》）年九月十五日」

関ヶ原の一角。といっても谷あいの灌木《かんぼく》などに囲まれた見透《みとお》しのきかないところ。いましも二人の武者の間に凄絶《せいぜつ》な死闘《しとう》が展開している。かなり暗い。時折り一陣《いちじん》の風が、いや、この日朝からあつく垂れこめて陽光をさえぎっていた霧《きり》が、ちぎれちぎれに吹《ふ》きすぎるのだ。二人、かなり疲労困憊《ひろうこんぱい》。いつのまにか、霧から湧《わ》いたように、一人の男とも女ともつかない汚《きた》い浮浪児《ふろうじ》があらわれて死闘を見物している。むささびのお霧（十二歳）。

争う二人のまわりをうろつきながらしげしげと眺《なが》める。

お霧　（武者Aに）東軍？　おじさん。

武者A　（あえぎながら）に、西だ。
お霧　（武者Bに）じゃ、おじさんが東だね。助太刀《すけだち》するぜ！　（いい放つと石を武者Aに投げる）
武者A　わっ。ひ、卑怯《ひきよう》！　（よろめくところを、Bについに討《う》たれる）
武者B　（へたへた坐《すわ》る）ふう……
お霧　悪い首じゃないぜ。ま、三十石《こく》、五十石かな、五十石馬廻《うままわ》り。（死体の懐中《かいちゆう》をさぐって金袋《かねぶくろ》をとる）はやく首もってけよ、おじさん。いそがないとごほうびもらえないよ。ね？
武者B　む、む、そうだな。（いそいそと首をとりにかかる）
お霧　待った。
武者B　なんだ小僧《こぞう》。
お霧　助太刀料。
武者B　（わらって）ばかをいえ。
お霧　よう。
武者B　うるさい。（ふり払《はら》う）

と——いつのまにか自分が大小の浮浪児《ふろうじ》たちに囲まれているのに気づく。
ずく入の清次（十六）、どもりの伊三（十四）、かわうその六（十三）。

武者B　なんだ、なんだ餓鬼《がき》ども。
清次　（大兵《だいひょう》で貫禄《かんろく》がある。やさしく）おじさん……ただはひでえよ、ただは。（仲間に）な。
仲間たち　ん。
六　おじさん、この子（お霧）かわいそうなんだぜ。こないだの戦争で身寄りみんななくしちゃったんだぜ。おとっつぁんはころされるし、おっかさんはズラかるし。
武者B　おれの責任かよ、それが。
六　だっておじさんおとなだろ。おとなは責任あるよ、みんな。だからおじさんもあるよ。な。
仲間たち　ん。（囲んだ輪をだんだんちぢめてゆく）
武者B　（おびえて）お、おとなにも、いろいろ、あるよ。
清次　あるよ。知ってるよ。でもおじさん特別な大人にゃ見えねえよ。な。
仲間たち　ん。（さらにちぢまる）

武者B　（死体の脇差《わきざし》をとって）よし、これやるからあっち行け、な。
清次　（すいととりあげて、やさしく）なめちゃいけねえ、ふざけちゃいけねえ、おれ
　たちのブツに手出ししてもらいたかねえ。な。
武者B　う、うん。
六　死体の処理はおれたちがやるよ、だけど生首なんていらねえよ、だけどおじさんが
　たは生首だけいるんだよ、だから生首売るんだよ。ね？
清次　だからお代払《はら》いなよ、お代。
武者B　ガ、ガキども――
清次　なんていった？　聞こえねえ。
武者B　わかったよ。（自分の印籠《いんろう》などとられる）
お霧　毎度どうも。
清次　安いもんだ、武士は名誉《めいよ》が肝心《かんじん》。
六　出世するぜおじさん。ごきげんだよご主人、この首もってきゃ。ま、十石《こく》は堅《かた》いよ。
　あ、手伝うよ首とんの。
武者B　すまんな。

武者B、清次、伊三、六が死体をかげに運んで行く。

お霧　(呼びかけて)おじさん、あたいもう一つぐらいみつけてやるよ、首。

お霧が舞台《ぶたい》に残って歩きまわっていると、別の方から傷を負った若い武者がよろよろと出てくる。ぐったり腰《こし》を下ろす。お霧、様子を見て、もどってきた清次と打ち合わせ、それから若い武者のところへぶらぶら行く。清次はすぐ退場。

お霧　おじさん、東軍？
若い武者　(じろりと見る)
お霧　西軍だね、その様子じゃ。……怪我《けが》してんの？　(相手が黙《だま》っているので、一人でしゃべる)……でも、惜《お》しかったね、昼間は……いいとこまで行ってたのにね。ほんとは、あたい西に賭《か》けてたんだ。穴は狙《ねら》うもんじゃないね……でも、さ、味方の裏切りさえなきゃね、ほら、あの、三ッ巴《どもえ》の紋所《もんどころ》んとこの——
若い武者　(じろりと見る)

お霧　……疵《きず》、痛いの？
若い武者　（呟《つぶや》く）小早川か！
お霧　あ、そう、そんなこといってた。……知らなかったの？　いままで。
若い武者　霧《きり》だよ。
お霧　え？
若い武者　霧《きり》。この霧だ。……夜の明け前から小雨《こさめ》がしょぼしょぼと降り出した。日が昇《のぼ》れば一間先も見えぬ深い霧だ。山あいだものな。……わずかに晴れて、先手《さきて》の旗差し物が見えたと思えば、敵の旗だった。――もうはじまっていたんだ、いくさは。
お霧　（こらえていたのが、吹《ふ》き出す）
若い武者　なんだ？　小僧《こぞう》。
お霧　ごめん。だって、お霧ってんだ、あたいの名前。ね？　（笑う）あたいがちっちゃいとき、ボヤッとしてフワーッとしてて、いるんかと思うといなかっちゃったりしたからだろうね……でも、そいじゃ食ってけないもんね。女なんだよこれでも。あたいはひとりぼっちで、ひろわれてお寺で育てられて……ごめんね、おじさんの話、途中《とちゆう》で。ね、それから？　どうしたの、それから？
若い武者　（間）あとはもう乱戦さ、くつわを並べて友と馳《か》けていると思えばそれが敵、よき敵ござんなれと槍《やり》をしごいてつっかければ味方だ。……それでも形勢《けいせい》がほぼ互《ご》角《かく》らしいことはわかっていた、昼頃までは。……にわかに様子が変わった。馳《か》けめぐるうちに出逢《であ》う相手の、五人に四人は敵になった。やがてすべてが敵だ。ぐるりみんなが部厚く敵だ。敵の旗だ。おれはいっさんに馳けた。方角も見えねえ、槍《やり》もいつか手にねえ、おれは刀をめったやたらにふりまわしながらただ走った。（間）それでもおれは、おやじが鉄砲《てっぽう》に撃《う》たれて倒《たお》れるのを見た。兄が討《う》ち死にしたことも聞いた……友人も朋輩《ほうばい》もあらかたは死んだろう。

間。

お霧　じゃ、おじさんもみなし児《ご》だね。おんなしだ。

若い武者　（苦笑）

お霧　でも、よかったね、生きのこって。

若い武者　生き恥《はじ》さらすつもりはねえな。（間）お霧っていったな。親はないのか。

お霧　（こっくり）おじさんの名前は？

若い武者　おれか、おれは大谷刑部少輔吉継《おおたにぎょうぶしょうゆうよしつぐ》さまの——どうでもいいなそんな事ァもう

お霧　……十蔵さ、筧《かけい》十蔵。
お霧　むささびのお霧ともいうんだ、あたい。兄貴がつけてくれたんだよ、ずく入の清次、やっぱりお寺にいるヤサグレさ。上になんかついてないと、らしくないからって。
若い武者　（笑う——笑いながら彼、筧十蔵は、上手からずく入の清次とどもりの伊三
が、最前の武者Bとともに来てこちらをうかがっているのにちゃんと気づいてい
る）
清次　（武者Bに）大丈夫《だいじょうぶ》だって。相手は怪我人《けがにん》だぜ。え？
武者B　む、そうだな、よし。（行きかけて）頼《たの》むぞ、助太刀《すけだち》。頼んだぞ。
清次　まかしとけって。
武者B　（刀をかまえて筧十蔵に）西方の武者と見た。いざ勝負！
筧　（片足をひきずりながら、立つ）
伊三　（お霧に）カ、カ、カ、
お霧　（十蔵に）悪く思うなよな、おじさん。
伊三　カ、（やっと）賭《か》けよう。
お霧　あたい、西のおじさんだな。

伊三　ヒ、東だ、おれ。
武者B　やあッ。（打ちかかる）
　しかし十蔵、圧倒的《あっとうてき》につよい。Bむんずと首根ッ子をつかまれ、片手であっさりねじり殺される。お霧とび上がって喜ぶ、伊三しょんぼり。
清次　（驚嘆《きょうたん》）強えなあ。（さっそく武者Bの具足をはがしにかかる）
伊三　（筧に）ク、首買う？　おじさん。
筧　もっと強えの連れてこい。（自分の首を叩《たた》いて）これやる。
お霧　ね、ずく入……このおじさん、仲間にいれねえ？
清次　ええ？
お霧　だってこのおじさんかわいそうなんだぜ、みなし児《ご》なんだぜ。
　そこへかわうその六が、なにやら声高にいい合いながらくる。つづいてせいぜい七、八歳の、しかし一人前に甲冑《かっちゅう》に身を固めている少年剣士（根津甚《じん》八《ぱち》）と、十四、五の浮浪児《ふろうじ》（離《はな》れ猿《ざる》の佐助）。

六　いいからこいってんだよ、わかるようにしてやっから——あ、兄貴、おいらせっかくこのチビがよ、木の洞《ほら》ンなかで泣いてんのみつけたら、
甚八　泣いてなんかいねえやィ！
六　泣いてたじゃねえかよ。
甚八　ちがわい。（泣きべそになる）
清次　（甚八の甲冑を点検して）ハクイの着てるじゃねえか。
六　な。
清次　よし、解剖《かいぼう》しちゃえ！
甚八　ブ、無礼もの！

清次、伊三、六たちがどっと解剖にかかったそのとき、佐助が割って入った。

佐助　よしなって。
清次　（六に）こいつ、なんだ。
六　だから、おいらがこのチビむいちゃおうとしたとき、こいつが。

清次　どこのもんだ、手前《てめえ》。
佐助　（ニヤニヤ笑ってる）お前らこそだれよ。
清次　（威張《いば》って）おれはずく入の清次。
伊三　ド、ド、ド、
清次　（代わって）どもりの伊三、おれの弟だ。
伊三　ウン。
六　同じく舎弟分かわうその六。
お霧　むささびのお霧。
佐助　おれは佐助。離《はな》れ猿《ざる》、ともいわれてる。お前らみたいにレツつくって集まンのきらいでよ。
甚八　（精一杯《せいいっぱい》張り切って）根津、甚八ッ！
筧　（進み出て）根津どのンとこの坊《ぼう》やじゃないか――やっぱり。（甚八に）十蔵だよ、ほら、お父さんに槍《やり》を習った。うん？
甚八　（ウェーンと泣き出す）
筧　泣くな、よしよし……この子ども、おれがあずかる。いいな。（わきへ連れて行く）

一同　あ、（あっけにとられて）

佐助　（ニヤニヤして）用はねえな、もう。ねえなら行くぜ。

清次　待ちゃあがれ。

　　清次たち佐助を囲む。

六　（ヤッパをぬいた）いためちゃっていいんだろ、兄貴。

清次　そうよな。（佐助をしげしげ眺めて）十四貫……五百ってとこか。……伊三、やんな。

伊三　（佐助に）お、おれと、イ、イ……（いえない。歌で）一匹《ぴき》どっこでこい！

佐助　（戦意なく、逃《に》げようとする）

六　（さえぎる）汚《きた》ねえぞ、手前《てめえ》。

　　このとき佐助、あやしげな手つき、——と、あら不思議、一同に佐助の姿が見えなくなったらしい。強烈《きょうれつ》な一種の催眠《さいみん》作用であろうか。このところ音楽あるもよし。

六　あれ？　どこ行った、あいつ？
伊三　キ、消えた。
清次　ノミみてえな野郎だ。おい、探せ。
　　一同散る。清次、六、伊三は退場。うろうろするお霧が偶然《ぐうぜん》、佐助にぶつかる。叫《さけ》びをあげようとすると口を押《お》さえられる。
佐助　なんにもしないよ。しずかにするか、しないか？
お霧　する、する。
佐助　よし。(佐助、妙《みょう》な手つきで術をとく)
お霧　ニ、忍術《にんじゅつ》？……すごい。
筧　小僧《こぞう》……甲賀《こうが》や伊賀《いが》ではないな……キリシタンバテレンとみたは僻目《ひがめ》か？
佐助　ひが目。生まれつきなんだこれ。
筧　なに？
佐助　信州は戸隠《とがくし》の山深くにね、ある夜、大きな流れ星が白く長く尾をひいて落っこった。でっかいならの木がまっぷたつにさけてね……あくる朝、その根元に、生まれたばかりの赤《あか》ん坊《ぼう》がフギャアフギャア泣いてるのを炭焼きのじいさんがみつけたんだ。名づけて佐助。おれなんだ。信用しないね、わかるよ。でもじいさんはおれにそう話してくれた。

覚　すて児《ご》か。

佐助　その根元には若い女の死体もあったとさ、黒こげになって。なぜ生きてたのかなおれだけ。おふくろといっしょに死んでればよかったんだ。へん。とにかくおれはこうしてここにいる、変な力をいろいろともってね。あんたがおれの話まるで信用してないのよくわかるよ。人の胸のうちもいくぶん読めるのさ、おれ。いま、ブワーンブワーンてあんたンなかじゃ、うたがいッぽい心がうずをまいて、それでそれをおれに見せまいなんて考えてる。ふふ、ほら、あわてた、うろたえた。だめだよ顔に出たわけじゃねえんだから、見えちゃうんだから……（顔をそむける。間。甚八に）お前はおれを信じかけてる。（お霧に）お前も。子どもだもんな……でもじき信じなくなる。

お霧　そんなこと！

甚八　（同時に）そんなことないよ、おれ好きだよ君。助けてくれたじゃないかさっき。

佐助　でもじきに嫌《きら》いになるんだ。当たり前さ。どうしてよ、どうして好きになれるよ、え？　自分の心の中を見すかしてしまうようなやつを？……いつだってひとりぼっちさ、おれは、だから。絶対に一人だったよ、これまで。これからだって。

佐助を探しに散っていた浮浪児《ふろうじ》たちのうち、六がもどってくる。南蛮渡来《なんばんとらい》らしき妙《みょう》な楽器を小脇《こわき》にかかえた若い武者に首根ッ子をつかまれている。

六　こ、こまっちゃったな、やだよおれ、そりゃ商、商売だけどさ、できないよそんな……ア、兄貴ィ……（佐助、面倒《めんどう》とみてかくれる）あ、お霧。ね、そのおじさん（筧）にたのんでくれよ、西方同士で悪いけど、このおじさん殺してくれって。本人の希望なんだ。

お霧　ええ？

楽器の武者　（筧に）武士の情、頼《たの》む。私は小西摂津守行長《せっつのかみゆきなが》の家臣、望月《もちづき》六郎。生きていたくない。討《う》ってくれ。（どっかと坐《すわ》る）

筧　おれは大谷の家来筧十蔵。だが、なぜ。

望月六郎　自殺ができんのだ、私は。禁じられておる……キリシタンなのでな。

寛　ほう。不便なものだな。（みつめる）いいことがある。さしちがえないか、おれと。
六　あ、それでもいいや、ね？
望月　それも法度《はっと》だ。人を殺すことも。
寛　ほう、まったく不便な、（気がついて）ば、ばかをいえ、じゃ、なぜ、あんたいくさに。
望月　おかしな話さ、まったく。矛盾《むじゅん》してる……だが、もう長いこと、ずうっと矛盾してきたんだ、私は。
寛　ついでだ、最後まで矛盾しろ。
望月　そうはいかん。頼《たの》む。（首をさしのべる）
お霧　（望月の楽器に興味を示していた）これなに、おじさん。
望月　む？……南蛮渡来《なんばんとらい》の、ぎたあるという楽器だ……そうさな、死にのぞんで一曲。（正面に向かって坐《ざ》す。子どもたち拍手《はくしゅ》。望月、寛に）ひいている間にやってくれ、ばっさり。

かくて望月六郎ぎたあるを弾《だん》じはじめる。森閑《しんかん》たる山あいに、その音がひびきわたる。いうならば荒涼《こうりょう》たるムード。

望月　（ひきながら、やがて）筧さんとやら……幾歳《いくつ》になる。
筧　十九だ。
望月　私は二十一。同じ世代だな、おおむね……いくさに生まれ、いくさに死す……おかしなものさ、だれかが勝ち、だれかが負け……あほくさいことだ……いくさはしみじみ嫌《きら》いだ、人間が嫌い、ということになるかな？　いくさは人のするもの、われもまた人……平和、平和の世の中が一番。……（ひきやめて）まだか、筧さん。
筧　いやなこった、一人だけいい気分になりやがって。

間。いつのまにか浮浪児《ふろうじ》たち全員集まっている。

清次　（つぶやく）ぶった斬《ぎ》ッちゃいいのに、死にてェんなら。
筧　（やがて、つぶやく）だが、これで終わりだろう。……戦国も。（間）あとは徳川の世の中だ。あんたの好きな平和さ、平和がやってくるんだ。もう、死にいそぐことも、べつに、
佐助　（ひょいと口を出す）ちがうんだって。こっちのおじさんのこわがってんのは、

むしろその平和なんだって。（望月に）ね？
望月　なに。（刀をつかむ）
清次たち　あ！　あの野郎。（総立ち）
筧　まあ、いいじゃないか。あまりゴテるな子ども同士。
浮浪児たち　（不承不承しずまる）
筧　（望月に）このガキ、妙《みょう》な術者でな、人の心を読む。（佐助に）なんといった？
いま。
佐助　（望月をみつめて）いおうか？……それとも、自分で。（間）
望月　（黙然《もくねん》。やがて）しかし、私がいくさを嫌《きら》い、憎《にく》んできたことも本当だ……信じてくれ。わかるはずだ小僧《こぞう》、心が読めるなら。
佐助　ああ。でもさ。
望月　うむ。でも、しかしさ……私はいくさを怖《おそ》れながら、やっぱりそのなかに生きてきたんだものな、二十年を……
佐助　そうなんだな。ふん。
筧　どういうことだ。
望月　（間）矛盾《むじゅん》、といったな、私は。（間）どうせ読まれてしまうのなら気楽に行くとするか。（笑う）聞いてくれ。たたかいに明け、たたかいに暮れるくらしのなかで、覚えがあるだろうあんた（寛）も、たとえば夜討《ようう》ちをかける前の張りつめた思い。藪《やぶ》や茨《いばら》のなかで長いこと待つ。飯《めし》は炊《た》けぬ、火を燃やせぬからな。時折り腰《こし》の武者袋《ぶくろ》をさぐって干飯《ほしいい》をとりだして嚙《か》む。味のないものだ。のどに通らぬものさ、はじめは。しかし馴《な》れる。一人前の武者になるんだ。（また爪《つま》びきはじめる……）馴れることにしかし私は長いことさからってきたよ。しかし馴れる。ふと武者であることの生き甲斐《がい》さえ覚えることがある。——そう気がつくとき、やはり悪い気持ちはせぬものさ、武者である以上、武者らしい武者でありたいという子どものような欲望はやはり抑えにくいものだ。だが、そこでたとえば勝ちいくさのあとのうたげの席で、私はやはりたまらなくなるのだな。矛盾しながらたたかったことより、その矛盾による苦しみに馴れたことに。

（歌う——バラード風に）

どんなくるしみにも　人は馴《な》れる
いつか馴れる

馴れたときから
くるしみがはじまる
あたらしい苦しみが　すぐ　古くなり
またあたらしい
苦しみがはじまる

そのくるしみにも　人は馴れる
いつか馴れる
馴れたときから……

（歌いやめて）以下繰《く》り返《かえ》し、無限の繰り返し。無限の苦しみ。それを背負うために私は信仰《しんこう》に入ったのか？……私は祈《いの》ったよ、平和がほしかった。すべてを解決するものは果てしないいくさの完全な終わりだと思った。平和だと思った。（間）その平和がくるのだな、いよいよ。……すべてが変わるのだろうな、これから。……（烈《はげ》しく）だからさ、だからなのだ。これから、私はどうやって生きて行けばいいのかね。これまで、私は苦しみを、矛盾《むじゅん》を、日がな夜がな、いわば食べて生きてきたんだ、敵を前にして火のたけぬ夜に嚙《か》みしめる干飯《ほしいい》のように。そのにがい味が私の、とりもなおさず、生きているあかしだったのだ。私は平和を烈《はげ》しく望んできたよ、たしかに。しかしその平和のなかに、筧さん、私は生きられるのかね。生きる資格があるのかね。

佐助　（全然望月のムードに関係なく）あのね、徳川さんじゃ西軍の将兵にたいする処分の方針をきめたよ。

筧　なに？

望月　どうして知っている、小僧《こぞう》。

佐助　おれ、東軍の本陣《ほんじん》へ行ってみたんだよ、夕方……なんとなくね。……おじさんたちは、奉公《ほうこう》お構い、ってのになるんだとよ、これから。

筧　どういうことだ。

佐助　つまり、まず、西方の大名の領地は全部没収《ぼっしゅう》して東軍の大名にわける。ね？　すると東方の大名はだいぶ肥《ふと》る。だろ？　ところが、いちばんあの家康ってじいさんの心配してるのは、負けた西方のことより勝った味方の東軍の大名が、強くなっちゃっていうことをきかなくなっちゃうことなんだ。で、その強くさせない方法として、ずうっと領地替《が》えしたり、それから、おじさんたちみたいな負けて失業しちゃった浪人《ろうにん》がさ、あたらしくどっかに就職することを禁じたり……西方に参加したものはいっさい召《め》し抱《かか》えませんって誓約書《せいやくしょ》を大名ぜんぶに出させせんだってよ。そういってた。

佐助　（わらって）へん。わかってねえな。

筧、望月　（間ののち）ふうん。

お霧　（佐助をつっく）また死にたがっちゃうじゃないか、おじさんたち。（彼女はわりかしすぐ同情するのである。ムードに弱いのであろう）

長い間。

清次　（六と伊三に）この二人の鎧《よろい》、あきらめだな、どうやら。

佐助　（浮浪児たちに）お前らよォ、もう商《あきな》いにゃなんねえぜ、え？　戦争はねえんだからよ、当分。

伊三　へん、マ、またあるだろ。そのうち。

佐助　（わらって）この抜《ぬ》け作《さく》。

伊三　な、なにを。

六　（不安で、寛たちに）おじさん、本当にねえのかな、戦争。もう。

誰も答えない。

望月　（ぽつりと）百姓《ひゃくしょう》になるか。……よく、彼らをうらやましいと思ったことがあった。

清次　おれは、百姓になるのがいやでおン出てきたんだ……へっ。

六　ああ……

佐助　徳川さんいってたっけ、それも。武家よりさらに心をくばらねばならぬのは百姓、町人ども……（望月に）月々の土地検《あらた》めをきびしくするってから、身寄りでもなきゃとても入れねえんじゃないかな、村に。……すごいことといってやんのよ……難儀《なんぎ》にならぬほどにして……死なないように生きないようにと気をくばるが百姓どもへの慈悲《じひ》……

間。——夜明けが近づく気配。山鳥が啼《な》く。

清次　引き上げっか野郎ども、そろそろ。(浮浪児《ふろうじ》たち腰《こし》を上げる)
お霧　どうすんの、おじさんたち。
寛　そうだな、ここにいつまで。(立ち上がる)……しかし、どこへ行ったらいいのかな。どこへ。
望月　うむ……
清次　おいらたちのヤサへくるかい、よかったら。宿賃はもらうけどよ。(浮浪児《ふろうじ》たち同意)
寛　(望月に)行くか、望月さん。
望月　(うなずく)世話になろう。
甚八　(一同が行きかけるので)私も、行く。
六　(立ちふさがる)その鎧《よろい》、ぬぐか?
甚八　(怒《おこ》って)ハ、母が丹精《たんせい》こめたる心づくしのこの鎧《よろい》。
六　じゃ知らねえよ。おじさん方マキ割らしたって役に立つけどよ、お前なんか。
寛　そういうな。(甚八の手をひく)
六　筋は通してくれよな筋は、おじさん、おれだってはじめはずく入の兄貴にカッ上げられて、

筧　わかったよ。（甚八に）おじさんたちも鎧《よろい》なんかすてちゃうんだ、な？（いい聞かせながら、痛む足をひきずって去る）

お霧と佐助が残る。

お霧　（行きかけて）こないの？
佐助　おれ、好きなんだよ一人が、ほんと。
お霧　イキがってたってしょうがないよ、一人じゃだれもみないよ。あったかいぜ？バンスカ火燃やしてさ。ね？　行こうよ。野宿はヤバイよ。
佐助　ヤバイよ、ああ。でも、おれな、泊《とま》ろうと思えばお前らのヤサに泊れンだ。お前らに姿見せないでよ。な？
お霧　なら、姿見せて泊った方がいいよ。おんなしなら。ね？
佐助　…………
お霧　そうしなよ。
佐助　へん。

お霧、佐助の手をひっぱる。佐助例の手つき。姿は消えた。お霧うろうろ。

幕《まく》あきの歌が遠く聞こえてくるなかに紗幕《しやまく》が下りる。

その二　十勇士の一人由利鎌之助《かまのすけ》諸国探索《たんさく》の事

派手な姿の傀儡師《くぐつし》が、鉦《かね》など叩《たた》きながら賑々《にぎにぎ》しく登場する。実は由利鎌之助。

由利　（節で――以下は大意である）屍山血河《しざんけつか》の関ヶ原、戦い済んで日が暮れて、月も変わって神無月《かんなづき》、弓折れ矢つきし西軍の、大将石田三成《みつなり》は、六条河原に首うたれ、三条大橋にさらし首、あわれをとどめし最後より、東風西を圧しさり、慶長《けいちよう》八年春二月、家康《いえやす》公は将軍に、慶長十年弥生《やよい》には、息子《むすこ》の秀忠《ひでただ》あとを継《つ》ぐ。

（チャンチキチとはやしたてる）

「戦後十余年、安定政権としての徳川は、柔軟《じゆうなん》に、しかし確実にその支配を強化していた」

佐渡《さど》や石見《いわみ》の鉱山も、いまは徳川直営で、掘《ほ》って掘ってまた掘って、江戸の金座で金にする、伏見《ふしみ》の銀座で銀にする、金《かね》は天下に廻りだす、廻れば経済発展す、けれど元締公方《もとじめくぼう》さま、がっちりにぎるは公方さま。（「図表」など出てもよい）

「だが、なお大坂に豊臣秀頼《とよとみひでより》があり、かならずしも徳川に従わず、ゆえに、天下に行きどころない浪人《ろうにん》の群は多く彼を支持した」

大川に水絶えず、盛運日々に傾《かたむ》けど、金あり名もある豊臣家、忠臣数あるそのなかで、ここに加藤清正は、（「画像」など出してもよい）智《ち》あり勇ある屋台骨、体を張って君のため、家康公と会見の、ところはいずこ二条城、毒まんじゅうに暗殺の、うらみは深し二条城。（チャンチキチひときわ高く鳴らしおさめる）……さて、時は流れて慶長《けいちょう》も、はや十と九年、その八月のこと、ここに名高い大仏鐘銘《しょうめい》事件が起こりました。地震《じしん》でこわれた京都方広寺の大仏を秀頼公が再建され、いよいよ三日、開眼供養《かいげんくよう》式が行なわれようというそのとき、突然《とつぜん》徳川家から待ったがかかった。というのは新築の寺につるす鐘《かね》の、その銘に国家安康《こっかあんこう》という字がある。これは家の字と康の字を二つに切り離《はな》して、もって家康公を呪《のろ》い殺さんとするものである、と理《り》由にもならぬ理由を家康公側近の坊主《ぼうず》や学者どもがこじつけたわけで、まことに理屈《くつ》と膏薬《こうやく》はどこにでもつくものでございます。そして詫《わ》びるつもりがあるなら大坂城をあけ渡《わた》して他国へ移るか、それとも秀頼公のお母さん淀君《よどぎみ》さまを江戸へ人質に出すか、うんぬんというおどろくべき無理難題。（チャンチキチとまたはじめる）……泣く子と政府にゃ勝てないの、たとえはあれど豊臣家、あまりのことに腹をきめ、豊臣恩顧《おんこ》の諸大名、諸々方々の浪人《ろうにん》に、来《きた》れ集《つど》えとよびかける。徳川倒《たお》せとよびかける……（はやしながら退場）

その三　真田《さなだ》隊出陣《しゆつじん》の事

「一六一四年（慶長《けいちよう》十九年）十月、紀州九度山《くどさん》、真田幸村《ゆきむら》の庵《いおり》」

紗幕《しやまく》があがると、粗末《そまつ》な家の縁先《えんさき》のごときところに、真田幸村昼寝《ひるね》をしている。講談によるなら、総髪《そうはつ》の髪《かみ》は肩《かた》うつぼかり、鼠木綿《ねずみもめん》の単衣《ひとえ》に丸ぐけの帯をしめ、手づくりとも覚しき枇杷《びわ》の木の木剣《ぼつけん》をたずさえ、武士にもあらねば百姓《ひやくしよう》でもないといういでたち、ということになる。その近辺——つまり庭先——で、彼の一党が思い思いにちらばって、いま会議が開かれているところ。まず、前場の血気の若武者、筧十蔵《かけいじゆうぞう》、いまは三十三歳、なにやら暗い風《ふう》貌《ぼう》の男になった。関ヶ原の傷のせいでいまもすこし足をひきずるのもその感じを強めている。ずく入の清次も二十九歳のひげ面《づら》、いまは三好《みよし》清海入道ともっともらしく名乗っている。どもりの伊三は二十七歳、同伊三入道と名乗る。どもりは相変わらずだ。陽気なかわうその六は現在海野六郎、彼らが現在居候《いそうろう》している真田幸村の先祖の姓《せい》を頂戴《ちょうだい》したのかもしれない。二十六歳。猿飛《さるとび》佐助は前場の離《はな》れ猿の佐助だが二十八歳になった。いまも群を離れて一人、まるで蚤《のみ》でもとっているようだ。まったく変わったのは根津甚八《じんぱち》で、泣きべその子どもは面影《おもかげ》もとどめぬ二十三歳の颯爽《さっそう》たる青年に成長した。以上、いずれも幸村同様、一見したところでは階級の区別がつかない恰好《かっこう》。そしてなかに、はなやかにも美しい娘《むすめ》が一人、げじげじが蝶《ちょう》になったようなお霧《きり》である。二十六歳の勘定《かんじょう》だが若く見えるのも美人の得であろう。

――さて、彼らに向かっていま報告しているのは穴山小助（十九歳）、真田幸村の忠実な秘書ないし書生である。

小助　で、すでに入城を伝えられる諸部隊は、つぎのとおり。まず、関ヶ原で敗れて追放されていた長曾我部《ちょうそかべ》盛親《もりちか》、ひきいる兵は五千。後藤又兵衛《またべえ》基次《もとつぐ》が六千。塙団右衛《ばんだんえ》門直之《もんなおゆき》、四千。

清海　小物ばかりだなあ。
寛　大名はどうなんだ？
小助　有力な豊臣恩顧《おんこ》の大名が二、三参加の見込み、だそうです。
寛　ふん。あてにゃなるまい。
小助　以上、穴山小助、殿《との》に代わって報告しました。この問題について、活発な討論を期待します。つまり、豊臣家からの呼びかけにたいして、どう態度をとるか。
清海　（腕《うで》を撫《ぶ》す）行きてえな、行きてえ。
甚八　参加すべきだな、断乎《だんこ》。
寛　殿《との》はなんていってる？
小助　寝《ね》てる。
清海　起きてもらおうじゃねえ。
甚八　殿。幸村公。
幸村　（寝たまま）うるせえ奴《やつ》らだなあ、聞いてるよ。
海野　殿、秀頼が殿に約束した禄高《ろくだか》、いくらでしたっけ？
幸村　五十万石《ごく》。
海野　イキな値段ね。

幸村　勝てば、勝てばの話だぞ。え。
伊三　カ、カケちゃおう。
清海　でけえ賭《かけ》だ、うん。
海野　十人だから、一人五万石。
小助　ばか、殿の分がなくなっちゃうだろ？
海野　そうか。じゃ十一人――（計算する）
清海　だめでもともと、当たればもうけってじゃねえか。ぐっと、こう、イキがっちゃうか？……どうだ皆《みんな》。
筧　（どなる）いい加減にしねえか。いい年しやがって。

皆ちょっとおどろいて黙《だま》る。

以上この連中が、十四年もたって一向に行儀《ぎょうぎ》が改まっていないことに眉《まゆ》をひそめる向きもあろうが、そこはつまり、彼らにとっての平和のなかの十四年が、あまり健康的なものでなかったことだと思っていただきたい。

清海　なによ、筧さん。

寛　いくさなんだぞこれは。あそびじゃねえ。さいころやうんすんかるたじゃないんだ……だめでもともと？　冗談《じょうだん》じゃねえ。死ぬかもしれねえぞ、負けりゃ。二人に一人、いや、十人に九人。わかってるのか？　死ぬってなんだか。

清海　知ってるつもりだぜ……それがなによ。

寛　（首をふる）お前らにはなんにもまるでわかっちゃいねえ。命を賭《か》けるってどういうことか、どんなにおそろしい、

海野　悪かったね経験がなくて。どうせおれたちは戦後派ですよ、ええ。関ヶ原でポンコツやってたチンピラだよ。

甚八　経験がないといくさをする資格がありませんか。危険を冒《おか》す権利がありませんか。

寛　（激昂《げっこう》）おっちょこちょいはやめろといってるんだ。侮辱《ぶじょく》だ、人間にたいする。

佐助　（ひょいと口を出す）寛さん……こいつらだって考えてんだよ、結構……大したこと考えてるわけじゃねえけど。

清海　じゃ、あんた参加に反対なんだね、寛さん。

寛　おれか。おれは行く。先日望月とも話し合ってきめたことだ。聞け、おれの話を聞け。……おれはなにも、おれが武士だったたから、関ヶ原で西軍に与《くみ》してたたかったた豊臣恩顧《おんこ》の大谷吉継の家臣だったから、行く、というんじゃない……あれから十四

年、いまさら豊臣に忠義立てでもねえ。
甚八　だったら馬鹿《ばか》だよ。
筧　聞け！……ただよ、いま、おれは武士だった、といったな？……そうさ、おれは生まれて十九年武士だったさ。しかし関ヶ原から十四年、おれはなんだ？……おれはお前らといっしょに泥棒《どろぼう》もした、関ヶ原残党の多くがそうなったようにな。押《お》しがりゆすり詐欺《さぎ》たかり、ツツモタセまでやったなお霧、お前が娘《むすめ》らしくなってからは。
海野　へへ。
お霧　（知らん顔）
筧　百姓《ひゃくしょう》には、やはりなれなかった。詮議《せんぎ》がきびしかったからな、いつか佐助のいったように。……追われ追われて食いつめて、殿《との》、いまはツツモタセに乗せそこなったあなたの居候《いそうろう》だ。毎日あたりの土地を開墾《かいこん》したり、真田《さなだ》紐《ひも》を組んだり、売ったり、その日の飯はどうやらやっと。……幸村公、ご好意には感謝しています。しかし、この生活は、いったいなんだ、ここで私は、結局なんなのだと思うんですよ。私はもはやけっして武士ではない、しかし百姓ではない、商人《あきんど》でもない、つまり、なんでもない。私は耐《た》えられないんですよこの生活に、この生活がいつまでつづくのかわからないことに。ぜいたくな望みかもしれない。しかし私は、私がやはり、なにかでありたい。なにかこう、はっきりした、ちゃんときまったものでありたい。そうでなければ生きにくい、息がつけない。……決心したんですよ私は、ひとりでも大坂方に参加すると。だが、私はあなたにもきてほしい。隊長として、私たちを指揮してほしい……（幸村寝《ね》たまま）

甚八　（突然《とつぜん》ケタケタ笑いだす）十蔵さん、結局あなた、いくさがなつかしいだけじゃありませんか？……およしなさい、みっともない、三十面《づら》さげて青春の回復もない。（佐助に）な、佐助。

佐助　（知らん顔をしている）

筧　甚八。なつかしいといえば、武者人形みたいな恰好《かっこう》してピイピイ泣いてたあのころの、おぬし。

一同　（ゲラゲラ）

甚八　小さな子どもが泣くのは当たり前であって、別にはずかしいことじゃない。しかし大人が、おれはどうせ関ヶ原で一度死んだ身だとかなんとか感傷的になるのは、

筧　（憤然《ふんぜん》）ゆ、許せん。

お霧　およしなさいよ、二人とも。

筧　（不承不承、坐《すわ》る）

甚八　（咳払《せきばら》いをして、やおら立つ。じろりと皆《みな》を見まわす）問題は、こんどのいくさの本質をどうとらえるかにある、と思う。……おれの意見では、徳川対豊臣、という問題のたてかたがまず決定的にまちがいだ。錯覚《さっかく》だ。

小助　なぜ。

甚八　（なかなか雄弁家《ゆうべんか》である）第一に、両者の争いなら関ヶ原でけりがついてる。現在の豊臣に徳川と互角《ごかく》にたたかえる力はまったくない。第二に、両者に支配者として、本質的な差がないこと。大名百姓《ひゃくしょう》武士町人、すべての自由を圧殺して独裁支配を固めんとする徳川の政策は、ほんらい豊臣秀吉からうけついだものだからだ。第三に、そして最後に、すべて二つの陣営《じんえい》の対立に還元《かんげん》して考える考えかたそれ自体が、まったく不毛だからだ。そこからは、おれたちが、おれたち自身の未来をどう考え、どうつくってゆくか、そういう自前でものを考える根性《こんじょう》が、まったく出てこない。

海野　ふむ。

甚八　それこそ、おれたちが、おれたちじゃなくなることじゃないのか？

筧　だから、そのおれとは。

甚八　（以下、一瀉千里《いっしゃせんり》）おれたちは武士でもない百姓《ひゃくしょう》でもない、ちゃんときまったものではない、あっちへふわふわ、こっちにふらふら、が、それがなぜ悪い？　え、現在がっちりとはなにものでもあり得ないということは、すいすいすうだら何《なに》ものでもあり得《う》るのだ、自己規定が必要ならおれたちはまさしく浮浪人《ふろうにん》、浮浪人のどこが悪い、え、浮浪人が天下をとって、なぜ悪い。

海野　天下。天下か。

甚八　永久的安定政権をめざす徳川に叛旗《はんき》をひるがえしたのは豊臣である。が、豊臣秀頼に父秀吉の器量なく、また頼《たよ》るべき大名もない。いわば、このたびのたたかいに豊臣勢の実質的中心となるのは諸国より蝟集《いしゅう》する浮浪人《ふろうにん》ではないか。われわれではないか。すれば、勝利のあかつきに来《きた》るべき政権の形は、

幸村　未知数、ではあるな。

甚八　浮浪人政権を打ち立てたとき、浮浪人はすでに浮浪人ではない。そのときおれたちがなんであるかは、そのときになりゃわかるのだ。以上、要約すればつぎのとおり。一、このたびのたたかいを徳川対浮浪人のたたかいと規定する。二、われわれは豊臣勢を利用して徳川を倒《たお》しさらに豊臣をも倒し、おれたちのおれたちによる政権を打ち立てるために豊臣勢に参加すべきである。浮浪人を評価せよ！　このさい関ヶ原残党的感傷は無益かつまったく有害である。以上。

海野　うまく行くかね、そう。
甚八　行かすんだ、断乎《だんこ》。
筧　夢、子どもらしい夢だな、はは。

いつのまにかお霧、歌をうたっている。

お霧　生まるるも
そだちもしらぬ
人の子を
いとしいは
何の因果ぞ
小助　（清海に）あれ、だれのこと。
清海　……（首をふる）
小助　（突然《とつぜん》、はげしく）お霧さん、だれが好きなんです？　（一同おどろく）……知りたいんだ、はっきり知って、出陣《しゅつじん》したい……（うつむく）

間。

海野　出た。
伊三　（立つ、小助に）ィ、いわない、約束だぞ。（憤然《ふんぜん》と坐《すわ》る）
海野　こらえ性《しょう》のないやつ。だけど、いいじゃないか小助、お霧もいっしょにくるさ、ながの別れはさきのこと。な、お霧。
覚　（怒《おこ》った）女をまきこむ気か、いくさに。
海野　いいじゃねえかよ、なんとなくこう、にぎやかで、あったかくって、はなやかで。
覚　いいか、いくさってのはな、
小助　答えてください、お霧さん……（お霧答えない）佐助さん、あんたはわかってるんだろ？　彼女の心。
佐助　（首をふる）おれじゃねえってことしか。
小助　だれ？
海野　自分でいうもんだぜ、お霧。
甚八　いってくれた方がいいよお霧姉さん、断乎《だんこ》。（皆《みな》に）な。
お霧　（答えない。間）

海野　どうしてそういう女になっちゃったんだろうな、十四年間に……一ぺんぐらいいってみろ、思うことを。
筧　おれに責任がある……
海野　え？
甚八　ねえでしょそんなもの、べつに。
筧　お霧。おれはお前に詫《わ》びるよ……おれとお前とは、ツツモタセ時代夫婦のようにしてきた……
小助　（紅潮）そ、それがなんです。
海野　見せかけだったのさ。
筧　ひどい見せかけだったよ、あれは。とにかく、しかし、やはり女はいくさにくるべきじゃない。なにもいうな、ここで皆《みな》とわかれろ。
海野　しょってやら。
筧　おれがいうんだ、お霧。
海野　ふざけちゃいけねえ、え、筧さん。
小助　ね、こうしましょう。お霧さんを好きな人はみんな立ってください！　そして、お霧さんにおねがいしましょう、はっきりいってくれと！

甚八、海野がさっと立つ。おくれじと清海、筧、伊三。幸村と佐助が残る。

幸村　（もじもじしていたが）そうだな……どうせ、佐助に見ぬかれるしなあ。よいしょと。（立つ。みんなおどろく）

小助　さあ、いってください、お霧さん！

佐助　（ふいに）いっちゃうけど、お霧はだれも好きじゃないよ……いまんとこ。

間。皆ホッとする。

清海　（のっと進み出た）秀吉は足軽の子から天下をとった……それやりてえと思って関ヶ原に出かけたんだ、おれ、ほんとは。ポンコツやるつもりじゃなかった……筧さんよ、おれ、駄目《だめ》でもともとって、考えるぜやっぱり。死んでもともとって気もするんだ。そういってもいいんだ……なぜって、あんたは昔なにかだった。しかし、おれは一度もなにかだったことがねえ。はじめての機会なんだ。これを逃《のが》したら……もう、だれもが、たとえば太閤《たいこう》にだってなれるかもしれねえようなガタスタした

時代は、終わりなんじゃねえか？……いや、もう、終わってるのかもしれねえ……最後の機会なんだ、ともかく。（一同沈黙《ちんもく》）

望月　（すこし前から、前場の傀儡師《くぐつし》の服装のままの由利とともに登場していた）清海のいうとおりだ。

筧　なんだ、望月じゃないか。由利も。

由利　（お霧にそっと）泣いてるのか？　お霧。

お霧　（首をふって）お帰んなさい。

由利と望月、皆《みな》に迎《むか》えられて幸村の前へ。

由利　由利鎌之助、望月六郎、ただいま立ちもどりました。

幸村　ご苦労。どうだね大坂の様子は。

由利　いやもう、上を下への大さわぎ。しかし活気があります、いままでになく。町人どもの支持がある、と申しますかな。

幸村　ほう。

由利　いくさの迷惑《めいわく》より徳川の政治を嫌《きら》う気持ちのほうが、ちと上廻っておる、という感じ。なんといっても大坂は商人の町。商《あきな》いは自由でないと伸びぬ。家康どのの気風とは合いませんな。そこを狙《ねら》って城代大野修理、がっちりと軍資金を提供させてる。切れます。

幸村　そうらしいな。

清海　で、百姓《ひやくしよう》は。

由利　無関心、大かたはね。政治の移り変わりにいちばん影響《えいきよう》をうけるのは彼らなのに。

佐助　いや、口を開かぬだけで（一同彼を見る）……そうでもねえか。（黙《だま》りこむ）

筧　浪人《ろうにん》はどうだ、あつまり具合は？

望月　それだ。おどろいたよ。予想以上、といってはちがう。私はせいぜい二万、有力な大小名が動かぬかぎり、それどまりと踏《ふ》んでいた。勝ち味《み》のうすいいくさだものな。それでもいい、それでも私は参加しようと考えていたことは筧の知っているとおりだ。ところが、まちがっていたな、まるで。

筧　四、五万もきたか！

望月　十万は越《こ》えよう。（一同おどろく）いや、十五万行くかもしれぬ。それが浪人《ろうにん》だぞ、ことごとく……何千とまとまった部隊は数少ないのだ。多くは百人、五十人、いや二、三十名の隊もある。首領株だけが馬に乗って、あとは徒歩《かち》だ。旗差し物はおろか、具足《ぐそく》も揃《そろ》わぬ連中だよ。まったくの一人でふらりときて、どこかの隊へもぐりこむものも多い……筧、おれたちが参加しようと思っていたことはまちがいではなかったと思ったな、いや、まず、おれたちだけではないのだな、という思いがさきにきた……みな、疲《つか》れた顔をしている。得物《えもの》といっては槍《やり》一筋、しかし、そいつらの鬱屈《うっくつ》した思いがおれには胸にきた。乱を好むのではなかろう。しかし、このままではただ生きているという名のみになる。そういう抑《おさ》えられていた思いが、一度に噴《ふ》き出しているのだと思った。おれは十四年、この日を待っていたような気がした……もちろん、平和、平和の世界が一番なのだ……（笑う）

伊三　カ、カ、

海野　わかったよ、賭《か》けちゃえってんだろ？

伊三　（やっと）カンゲキだ、って、いうんだ。

由利　そのぞくぞくとくりこむ連中に、町人どもが手をふる、声をかける。酒など柄杓《ひしゃく》についで飲ませるのもいる……悪い気持ちはしないな。（笑う）

望月　その酒を辞退するものもいた。顔をそむけてな。

清海　おれなら飲む。

望月　そりゃお前は飲むだろう。

由利　例の国家安康の鐘《かね》の問題、考えようによっては徳川の黒星かもしれませんな……あの事件でふみ切ったのは豊臣家だけではなかったわけだ。
幸村　ふむ。……よし、ではそろそろ結論を出すか。だがまだ意見をいっていないものもいるな。
清海　（さっさと）三好清海、参加に同意。
海野　海野六郎同意。
甚八　根津甚八同意、ただし——
筧　そうだ、おれも同意だ。同意だが、
幸村　待て、待て……多数決できめる問題じゃなさそうだ、これは。だいたい、わしはお前たちの主人ではない。お前たちは本来、いわば勝手にあつまって勝手に共同生活を送りはじめただけだ。……こういうことにしよう。要するに、行きたいやつは行くがいい。行きたくないやつは行かんがいい。そして行きたくないやつに行けと強《し》いないこと、また、自分が行きたくなくても、行くやつをさまたげぬこと……そうだな、そしてだ、行くときまったやつは今後一応真田隊として行動をともにすることになるわけだが、そのときもこの式で行こうじゃないか。何事につけ、やりたいやつはやり、やりたくないやつはやらぬ……この家と畑は残ったやつにやるよ。

小助　お霧、お前はなるべく残れ、やっぱり……女だからな。……さて、ということになったら、わしは行くぞ。行きたいからな。（立ち上がる）太閤《たいこう》さんには世話になった……筋を通したい……古いのもちょっと、粋《いき》なもんだ、へっへへ。
幸村　殿《との》！
小助　なんだい。
幸村　穴山小助は、生まれおちるとから真田の家で、殿のおそばで育ちました。私は殿の行くところへ、どこまでも。
幸村　来たいんなら、くればいいのさ、大坂は向こうだな。（スタスタ出て行きかける。別に仕度《したく》はしない）
　一同、ちょっと呆気《あっけ》にとられる。まず伊三がとび出した。なにかいおうとして、いえないので歌になる。
伊三　（途中《とちゅう》から大勢）
　わッわッわッ　ずんぱぱッ
　織田信長の謡《うた》いけり

人間わずか五十年
夢まぼろしのごとくなり
かどうだか　知っちゃいないけど
やりてえことを　やりてえな　わッ
テンで　カッコよく　死にてえな　ぱッ
んぱ　んぱ　んぱ　ずんぱぱッ

清海、海野、甚八、小助など若いグループがまず歌に加わって、合唱の中心をなし、筧、望月、由利も、順次加わる。
お霧と佐助が残る。

小助　佐助さん、行かないのか？
佐助　みんな行くのかお前ら。鴨《かも》のとも立ち、つれしょんべんてやつだ。
清海　ま、お前ははじめから、ひょいとおれたちンとこへ来たり、また三年も姿見せなかったり。
甚八　孤立主義か！

佐助　おれ関係ねえもん、豊臣にも、……だれにも。
筧　清くわかれよう。
一同　達者でな。
佐助　はい。はい。
お霧　(急に立った) 殿様。
幸村　なんだね。
お霧　(にっと笑う) お供してはいけません？　行きたくなったの。
海野　(喜んで) 行きたいやつは、行くんだ。
幸村　(間) そういうわけだな。
一同　(狂喜《きょうき》)
筧　おい、待て。……こういうときには鬨《とき》の声をあげるもんだ。おれがいうとおり繰《く》り返せ、いいか。エイ、エイ、オーッ。
海野　よせよそんなの、はずかしい。
一同　わッわッわッ　ずんぱぱッ
　異国の聖《ひじり》のたまいぬ
　見よや野の百合《ゆり》空の鳥

明日《あした》は明日の風が吹《ふ》く
かどうだか　知っちゃいないけど
生きてる気分になりてえな　わッ
テンで　イキがって　行きてえな　ぱッ
んぱ　んぱ　んぱ　ずんぱぱッ

一同行進して行く。
一人残った佐助、やおら印を結ぶ。

暗転。

なお、つづいて一同の行進につれて、行く手にやがて大坂城の偉容が見え、だんだんに近づいてくる——という場面があってもよろしい。

その四　大野修理徴兵《ちょうへい》の事

街道筋《かいどう》。豊臣方の仮陣屋《かりじんや》がある。
床几《しょうぎ》に、城中諸将のうち筆頭、執権《しっけん》の地位にある大野修理亮治長《しゅりのすけはるなが》が端然《たんぜん》とい
る。若年（といっても三十すぎ）ながら貫禄《かんろく》十分、かつなかなか美男である。
ほかに軍装の将兵。

兵１　（通りかかる百姓《ひゃくしょう》三人をとめる）待て待て待て……待て！
百姓Ａ　（囲まれて）な、なに御用でっか？
兵１　（胸ぐらをつかむ）やい。何反《たん》耕やしとる？
百姓Ａ　い、一町三反。
兵１　（修理の顔を見る）
修理　（首をふる）
兵１　（百姓Ａをつきはなし、Ｂをつかむ）きさまは？
百姓Ｂ　（若い）い、一町――
修理　（首をふる）
兵１　（百姓Ｃの胸ぐらをつかむ）

百姓C　わ、わては……五反だけや。
修理　（うなずく）
兵1　よし、合格！　きさまはいまから秀頼《ひでより》さまの軍勢の一人じゃ、光栄に思え！
百姓C　あ、あ……（たちまち兵たちに引き立てられて行く）
百姓B　（突然《とつぜん》）お、おい！　兵隊なら、わて連れてってくれへんか？　働くで！　五人前働くで！　（とめる百姓Aをふり切って追って入る）
　すこし前から登場していた木村重成《しげなり》、当年二十一歳（一説に二十歳）水もしたたる美男子の若大将であるが、このとき修理によびかける。
重成　修理さん。
修理　これは木村さん、どうしてこんなところへ。
重成　徴兵《ちょうへい》の様子を見学したいと思いまして。……なぜ、貧乏《びんぼう》百姓だけおえらびになるのですか？　（青年の知識欲である）
修理　（ほほえんで）太閤《たいこう》さまの施行《せこう》された検地で、百姓どもに一定の耕作権が保証されましたね……つまり、彼らは土地をあたえられた。もちろん、一面では、しばりつけられた、ということにもなるが……

重成　わかった。水のみ百姓をひっぱるぶんには、年貢《ねんぐ》のとりたてにそれほど影響《えいきょう》がない、と、

修理　失うものをもたない者ほど、命をすてる気になれるのではないかと思いましてね……しかし、ところが……おや、なにかなあれは。

〝ずんぱぱッ〟マーチを歌いながら、あやしげな恰好《かっこう》の十勇士たちがやってくる。

重成　変なのが来ましたね。

兵２　こらこら、こら。

清海　なんだよ。

兵２　なんだ貴様ら。

海野　なにをッ。

幸村　まあまあ。私たちはね、秀頼公のよびかけに応じて、

兵３　ふん、志願兵か。登録してやろう。名前は？

幸村　真田左衛門佐《さえもんのすけ》。
兵3　なんだと。
重成　幸村さんですか！　（感動して）私、木村長門守《ながとのかみ》重成。よろしく！
幸村　ほう、いや。お名前はかねがね。
修理　私、執権《しっけん》をつとめおります大野修理亮治長。
幸村　幸村です。はじめまして。（二人見合う）

そこへ、さきほどの若い百姓Bが兵士たちとくる。

兵1　ご城代さま、こいつ不合格なのにどうしても、と。
百姓B　わて、いくさが好きやねん、せいぜいあばれたるわ！　な、採用してんか、たのんます！
修理　（苦笑、重成に）こうなってしまうから、結局思うようには行かないのですよ…　…（兵1に）志願を断わるほど余裕《よゆう》もない。入れてやれ。
百姓B　やっぱり、大将話がわかるわ！
兵1　こい！　（つれて行く）

修理　幸村さん、ご案内しましょう、どうぞ。

修理、重成につづいて一同行く。と、しんがりにいたお霧に、兵たちがいたずらをしかける。小助が怒《おこ》ってかかる。が、そのときすでに兵たちは空を切ってひっくりかえっている。

お霧　（佐助のしわざとわかって、ほほえみ）佐助……どうせいっしょにくるんなら、姿見せたら？……ね？（とお霧近づいたつもりだが）

佐助　（さびしげな、しかしそれにも馴《な》れた顔で）そっちじゃないよ、おれのいるの……

暗転。

その五　城内軍評《ひょうじょう》定の事

大太鼓《おおだいこ》が鳴る。
暗いなかに茶坊主《ちゃぼうず》の声がひびく。

茶坊主　後藤又兵衛《またべえ》様、お成りーイ……

長廊下《ろうか》を行く心で、後藤又兵衛静々と舞台《ぶたい》の黒幕《くろまく》前を横切る。たくまし型の中年の武士である。

茶坊主　大野道犬様、織田有楽斎《うらくさい》様、お成りーイ……

大野道犬、織田有楽、ともに老年に近い。なにか話しながら通る。

茶坊主　上様お成りーイ……

豊臣秀頼二十一歳。その母淀君《よどぎみ》とともに登場する。大野修理あとに従う。一同が退場すると、じき幸村が出てくる。

茶坊主　真田左衛門尉《じょう》様——（とそこまで叫《さけ》ぶと）

幸村　佐《すけ》！　佐！

茶坊主　はあ？

幸村　尉《じょう》じゃない佐《すけ》！　（尉官と佐官の別である。いいすてて去る）

茶坊主　佐様、お成りーィ。

黒幕《くろまく》が上がると、城内評定の間。

上座に秀頼、淀君、以下大野修理、道犬、織田有楽、後藤、木村、幸村など、作戦会議の形。もう何時間も論議して来た果てらしく、相当疲《つか》れたりむやみと興奮したりで騒然《そうぜん》。

道犬　わからん人たちだな、籠城《ろうじょう》、絶対に籠城。

有楽　異議なし。

又兵衛　反対。出撃《しゅつげき》だ、断然出撃。
重成　後藤さんに賛成。
道犬　後藤君、あんた、この城の固さが信頼《しんらい》できないというのか！
又兵衛　ちがう、ちがうんだ、だからいってるんだ、そりゃ守っていれば負けることはない、絶対にない、しかし勝てるかといってるんだ。
重成　異議なし。
道犬　だからあんたの戦略は時代錯誤《さくご》だといってる。いまごろやあやあの一騎討《いっきう》ちが、
有楽　はは、はは。
又兵衛　結局は体を張るんだ、体を。
道犬　現実把握《はあく》の問題だ、現在敵は多数、味方は少数。
有楽　そこです。五十万対十万。
又兵衛　どうせ負けるというのか、道犬さん、どうせ負けると、
道犬　いついった、そんなことを私が、いつ。
淀君　あのね、わたくしはね。
秀頼　母上は黙っていなさい。
道犬　取り消せ、取り消したまえ。

修理　お待ちなさい、発言を整理させてください……しずかにしてください……（りんと叫《さけ》ぶ）静粛《せいしゅく》に。（皆《みな》しずまる）私、大野修理亮治長、この城の執権《しっけん》としていいます。こうして議論している間にも徳川勢は刻々と迫《せま》ってきているのです。大御所家康は、すでに十一日に駿府《すんぷ》を出発したという情報が入っておりますし、東海道をはじめとして北陸道、山陽道、山陰道、海からは西国の諸部隊が兵庫に、四国の水軍は和泉《いずみ》にと、文字通り全日本六十余州の軍隊がこの大坂を包囲しようと目下進軍中なのです。感情的になっている暇《ひま》はありません。結論を出しましょう。全軍城を出て迎《むか》えうつか、または籠城《ろうじょう》か。（とたんに全員わっと発言しようとするのを、修理幸村を指名する）真田幸村さん。

幸村　私が出撃《しゅつげき》説、それも奇襲《きしゅう》戦法を提案したのは、こういうことなんです……つまりこんどの将軍家の大坂攻《ぜ》めは、ある条件にしばられている。それは、向こうには奇襲戦法がとりたくともとれないということです。……政権を息子《むすこ》にたらいまわしにしたり、清正さんを暗殺したり、はじめから理窟《りくつ》の上では向こうに分《ぶ》がない。だから評判が悪い。そこを敢《あ》えて大坂攻《ぜ》めにかかるのは、どういうことですか。ご当家が眼の上のたんこぶだから除こうというだけではない。たんこぶもたんこぶでしょうが、もう一つの狙《ねら》いはこの機会に、天下の大名小名に徳川の威令《いれい》を徹底《てってい》して行なわしめることにある。

修理　そうです。

幸村　だから、できればかかわりをもちたくないだろう北国、西国の連中まであまさず動員をかけた。だからやつらは威風《いふう》堂々とやってきますよ。旗差し物も派手を競《きそ》って、鳴り物入りで本街道《かいどう》を進軍してきます。その弱点をつくこと。それだけが勝利の機会なんです。それが、多数にたいして少数なりのたたかいかたもあるのじゃないかといったことなんだ。ね？　出撃《しゆつげき》しましょう。全軍がいわば伏兵《ふくへい》になるのだ。正面からではなく横から、平地は避《さ》けて山で、昼でなく夜に。

道犬　敵の弱味については全然異議なし。彼らはいわば烏合《うごう》の衆だ。信念がない。徳川の権力もみかけは強大だが実質は張子の虎《とら》で、

又兵衛　異議なし。きまった、出撃《しゆつげき》！

道犬　（いら立つ）だからこそ籠城《ろうじよう》なんだ、おわかりにならないのか？……寄せ手にいわば呉越同舟《ごえつどうしゆう》、寄り合い世帯の弱味があるからこそ、われわれが心を一つに固く守る、力攻めに乗らない、そうすればそのうち敵に疲《つか》れが出る、不平不満も起きる……関東勢の主流である徳川譜代《ふだい》の諸将と外様《とざま》大名との間の反目が、分裂《ぶんれつ》にいたらないとだれにいえるか？……いや、心の底でひそかに故太閤殿下《たいこうでんか》の徳を思い、秀頼公

に心を寄せるものが、ついに反乱軍化してわれわれに同調しないとどうしていえるか？

又兵衛　だからそれが甘《あま》い、いや故殿下のご遺徳をうたがうつもりはない。しかしだ、しかし、道犬さん、それじゃわしはなにをしたらいいんだ、城壁《じょうへき》に旗差し物をひるがえして見まわっておればいいというのか？

道犬　戦いは欲求不満の解消のためにあるものではないでしょう、後藤君。だから私はいってるんだ、たたかいの魂《たましい》というか、本質をつかまなければ、

有楽　そうだ、精神の問題だ。

佐助　(思わず口走る)精神？

　つまり、猿飛佐助、誰にも気づかれず――なるべく観客にも――出席していたわけだ。もちろんすぐ消える。声に一同ざわめく。

有楽　だれか、なにか、いったな。

又兵衛　徳川の間者《かんじゃ》か？

幸村　いや、いや、いまの声は私。(咳《せき》)すこし、のどが。

秀頼　体には気をつけてください、幸村さん。
幸村　ありがとうございます。
又兵衛　なんだね、その本質とか精神とか。
道犬　（皆《みな》に）いいですか、これだけは統一した見解をもってほしい、最高会議として。……平たくいうなら、こんどの挙兵は、うけて立ったものだということ。われわれがけっして好んで事件を起こし、天下を混乱させようとする危険分子ではないということ、これは、厳重に確認しておいてもらわなければならないと思う。
幸村　すると、豊臣家を守るのであって、徳川を倒《たお》すのではない――
有楽　それが直接の目標ではない、ということじゃないかな。（道犬うなずく）徳川が倒《たお》れることは豊臣を守りぬくこのたたかいに勝つことによって、いわば当然の結果として、やがてかならずもたらされるもの、そう私は思う。これを逆に考えてはいけない。ということじゃありませんかな。
道犬　（うなずいて）まあ、そのとおり……その見地からしても出撃《しゅつげき》しては衝突《しょうとつ》を好んでいるように見えて、天下の世論が。
有楽　異議なし、これ以上の議論は時間の空費だな。籠城《ろうじょう》。
幸村　修理さん。

修理　え。
幸村　あなたのご意見は。
又兵衛　そうだ、あんたも発言したまえ、執権《しっけん》として。

一同修理に注目。

修理　（やがて口を開く）私は、皆《みな》さんのご意見、それぞれもっともだと思います……（有楽に）しかし有楽斎さん、私は、徳川を倒すことを目標にかかげていいと思います。敵は徳川なのだ。敵を倒すことが目標でないというのは、おかしい。（ずばりという）
有楽　（あわてる）いや、ない、とはいっておらない。目標ではあるのだ。いや、目標だ。私としても徳川を倒《たお》したい。だが、現在、当面の目標としては、行きすぎ、いや、強すぎはしないか、と……城中の将兵にはおそらく生まれてはじめての合戦《かっせん》にのぞむものも……参加してはみたものの心の弱いものも多い、と見るのが妥当《だとう》じゃないかな、はがゆいことだが。
修理　（大きくうなずく）そのとおり、そのとおりなのです。（今度は道犬へと向き直った）父上のお言葉を返すようだが、寄り合い世帯は味方も同じなんです。一口に浪人《ろうにん》、とはいうが、氏素姓《うじすじょう》のわからないものも多い。雑兵《ぞうひょう》のあらかたは刀の持ちかたも知らない百姓《ひゃくしょう》でしょう、いや、それが悪いというのじゃない、家柄《いえがら》より芋《いも》がらといいますからね。ただ、現実が、こうだ、ということです。いわば、味方は雑軍だ。……くらべていうなら、寄せ手はとにもかくにも正規の軍隊なのだ。父上、敵の陣中《じんちゅう》に分裂《ぶんれつ》は起きるかもしれません。しかし起きないかもしれない。（わらって）滑稽《こっけい》ではありませんか？　向こうさままかせの戦略など。

道犬　（憤然《ふんぜん》）な、なにを未熟もの。古来、敵の自滅《じめつ》を待つは最上の戦術。

修理　（すでに幸村の方を向いている）幸村さん、お説がおそらく正しいのです。さすがは幸村さんだな……しかし、この雑軍で、可能でしょうかそれが？……城を出て迎《むか》えうつことは、どんな奇策《きさく》をもちいるにせよ、つまりはいわば背水《はいすい》の陣《じん》です。……乾坤一擲《けんこんいってき》。すべてか、無か。美しいことばだ。弓矢とるものの理想でしょう。が危険だ。美しいだけ、それだけ危険だとはお思いになりませんか？

幸村　（平然）背水の陣《じん》とはそもそも、（ニヤリと笑う）漢の高祖に仕えた名将韓信《かんしん》が趙《ちょう》の軍とたたかったとき、たしか史記という本で読んだのですがね、なんとかいう河を背にして陣をしいたのをいう言葉でしょう。そのとき漢の軍が、やはり寄せ集めの兵隊ばかりだったのですな、これが。信念もない。訓練もない。これじゃとても勝てない、とみて、韓信考えた。うしろが河で逃げるに逃《に》げられぬとなれば、死んでもともとだという気で雑兵《ぞうひょう》ども大いにやるだろう、これしか逆転勝ちの方法はない――

又兵衛　で、どうなりましたか？

修理　結果論ではありませんか？　幸村さん。

幸村　（またニヤリ）負けていたらさぞ韓信、残酷《ざんこく》な男だということになったでしょうな。勝ったからいいが。

修理　私にはできないことだ、味方を死地に追いやる。

幸村　危険をおかさずに勝てますかね。いくさとは、どの道、

修理　いくさというものも、時代につれて変わります。

幸村　古い、とおっしゃる。

修理　（冷たく）幸村さん、あなたは、ながく浪人《ろうにん》でいられた。

幸村　（ほほえむ）平和には誰でも馴《な》れますな、修理さん。

修理　修理亮、現状ではお説に賛成しかねます。執権《しっけん》として。（いい切る）

彼、一貫《いっかん》してやさしいのだが、妙《みよう》にきびしい。一同、しんと沈黙《ちんもく》する。

幸村　（あきらめた）そうですか。
淀君　あたくしはね、こうも皆《みな》さんが故太閤《たいこう》様を思う心の一筋に。
秀頼　黙《だま》って、母さん。
修理　浅野、島津、さらに加藤、福島、黒田長政らに働きかけること、もう一粘《ねば》りも二粘りもしてみたいと思います。蘇秦張儀《そしんちょうぎ》の合従連衡《がっしょうれんこう》、遠交近攻の策なみで、これも古いとおっしゃられるかもしれません。しかし、薩摩《さつま》の島津公にはなお望みがある。ある以上あきらめることは私にはできかねます。その一方、すぐ、城の強化を、
有楽　強化？　この金城湯池《きんじょうとうち》を、
修理　まず城の東方は大和川の水を鴫野《しぎの》、今福《いまふく》でせきとめ、中河内《かわち》の平野一帯を湖水にする。西は東横堀、西横堀の岸に堤《つつみ》を築き、堀の底には乱杭《らんぐい》を打ちこむ。
又兵衛　（立つ）待ちなさい、待ちなさい修理さん、まだ結着はついておらん、なんだこっちの味方かと思えば。（秀頼に向かって）上様、ご裁断、ご裁断を。（平伏《へいふく》する）
淀君　（秀頼をつつく）

秀頼　困ったな。……私が意見をいうことは、おだやかではないのではありませんか？
……父上の時代とはちがうのだ。皆《みな》、豊臣の臣というより、多い少ないの差はあれ、
それぞれの手兵をひきいた独立の将だ、その連合軍なのだ。ここは、あなたたちで
話し合ってきめてください。……母上は黙《だま》っていなさいというのに。

暗転。

前の長廊下《ろうか》。太鼓《たいこ》が鳴っている。

幸村が来る。ふり返って、

幸村　佐助。姿を見せろ。
佐助　はい。（出て来る）さきほどは、どうも。
幸村　やな奴《やつ》。（笑って）……ところで、どう思う。
佐助　どうって。
幸村　肚《はら》のなかさ、奴《やつ》らの。
佐助　たたかう気はありませんな、本気で。

幸村　そんなことはわかってる。

佐助　（見つめて）いや、いや、徳川と内通してる間者などはいませんよ、うわさじゃ織田有楽がそうだというけど。一ばんおどろいたのはね、殿《との》、やつらが、ことに道犬だけど、自分のいってることを本気で信じてるってこと。本気だ。こらひでえ。ひでえなあ。

幸村　修理もかい。

佐助　あれは、よく見えない。

幸村　見えない？　お前に。

佐助　殿様、私に見えるのは文字じゃない、ことばじゃない。眼を凝《こ》らせばやっと見えるなにかぶわぶわと形の定まらないもの、その暗い色あいとひずみの具合調だけなんですよ……その読みかたは、自分の心からおしはかるしかないんですよ、結局。

幸村　はあ。

佐助　私は読み切れない心を探しているんですよ、待ちくらしてんです。その照りかえしでだらしない私の心にぽつりと一つ、判断のつかない黒点が生まれ、それがじわじわひろがる……それが私を変える、お日さまの方に向けてくれる、とくら、つまり社会化する——ってんですか？　（照れて）へへ、えへへ……ありませんか、そういうものが、このたかぶった城のなかに……ねえだろうな、やっぱり。……あ。
幸村　なんだ。
佐助　思い出しました、修理のことで、一つ……いいましたね、殿様《とのさま》に。あなたは、長く浪人《ろうにん》でいられた。
幸村　うむ。
佐助　あれ、殿様は怒《おこ》ったけど……あのときね、修理は殿様をうらやんでいましたよ、たしかに。

――幕――

第二　雲の巻

その一　十勇士働きの事（真田《さなだ》丸にて宴《うたげ》の事）

一か月後。

通称真田丸。大坂城の南部に突出《とっしゅつ》した出城である。いましも真田隊主催《しゅさい》の慰《い》労《ろう》演芸会が、どんがらがったと行なわれている。十勇士のほかに女たちなど大勢。女たちがおどり、一同はやしたてる。

一同　なにかかにか出そうだ
なにかかにか出そうだ
地蔵舞《ま》いを見まいな
地蔵舞いを見まいな

地蔵よ地蔵よ
なんで鼠《ねずみ》にかじられた
鼠こそ地蔵よ　鼠こそ地蔵なら
なんで猫《ねこ》に……

以下略す。適当に終わると、あるいは途中《とちゅう》で、後藤又兵衛《またべえ》と木村重成《しげなり》がこもかぶりを軍兵にかつがせて登場。

又兵衛　いや、おたのしみのところお邪魔《じゃま》してすまん。がやむにやまれずやってきたわけだ。昨日の真田隊のたたかい、まったく見事だった！——おれなど城の物見からはるかに眺《なが》めて切歯扼腕《せっしやくわん》しておった。いっしょにたたかえなかったのはまことに残念。しかし負けてはおらんぞ。そのうちかならずやる。（重成に）なあ。

重成　ええ、絶対に！……これで、大野道犬、織田有楽斎《うらくさい》ら日和見《ひよりみ》連中も真田隊には頭が上がらないでしょう。私などほんとうに胸のつかえがすーっと下りた気持ちがしました……そこで、又兵衛さんと話して、つまらないものですが、もってきました。

十勇士たち　うわあ。（拍手《はくしゅ》）（酒樽《さかだる》を示す）

重成　もちろん莫大《ばくだい》な恩賞が近く秀頼《ひでより》公からあるでしょう、今日、恩賞会議が開かれると聞いているし。が、ま、前祝いとして。

幸村　どうもすまない。

又兵衛　ついては、一つ自慢《じまん》話をしてほしいな、昨日の合戦について。

重成　ええ、私などいくさの経験がありませんから、参考になると思います。

幸村　（皆《みな》に）どうするね。

由利　いうにゃ及《およ》ぶ、だな、（仲間に）な。（十勇士たち立ち上がる、拍手）

「慶長《けいちょう》十九年十一月二十六日のたたかいの報告」

十勇士　聞いてくれ　おれたちの話
　おれたちの　たたかいの話を
　話さなきゃ　いられねえんだ
　聞いてくれ　聞いてくれ

（急に鬨《とき》の声をあげる）

わッわッわッ　ずんぱぱッ

女たちの拍手喚声《はくしゆかんせい》、キャア。

甚八　（進み出て）籠城《ろうじよう》ときまったことにおれたちは不満だった。幹部にはたたかう気がないと思った。しかし、おれたちはたたかうためにきたんだ。

勇士たち　そうだ！

お霧　そこで、殿様《とのさま》はいったの、だから、おれはたたかう。戦果があがれば、実績がものをいう。それが最上の説得である。いっしょにやりたいやつは、やろう。そこであたしたちはいったの、

勇士たち　やってみてもいいな。

由利鎌之助《かまのすけ》と望月《もちづき》六郎進み出る。

由利　いで、その始終を物語らん。

望月　（ぎたあるをひき出す）

十勇士、ジャンケンなどして、甚八、伊三、お霧、佐助の組と清海、小助、筧、海野の組にわかれる。（別のわかれかたでもよい）清海組は関東勢の心で中央に坐《すわ》りこむ。

由利　（たとえば大薩摩《おおざつま》の気持ち。ことばは節によって後に定めるが、一応大意つぎのとおり）時は、慶長《けいちょう》十九年一六一四年霜月《しもつき》つまり十一月、大御所家康《いえやす》公ならびに二代将軍秀忠《ひでただ》公のひきいる寄《よ》せ手《て》の総勢実に五十万、さしたる故障もなく大坂表《おもて》へと攻《せ》めのぼりついに大坂城を十重《とえ》二十重《はたえ》、蟻《あり》のはい出る隙《すき》もないまでにとはちと白髪《はくはつ》三千丈《じょう》のたぐいなれど、とにもかくにもびっしりとり囲んでしまった。しかれども——城は天下の名城でェ、守るは真田の十勇士、そのほか勇士豪傑《ごうけつ》がァ、手ぐすねひいて待ちうけるゥ——

清海　本題に入れよ、本題に。

由利　両軍戦機をうかがってかそれとも作戦方針か、衝突《しょうとつ》もなく漠然《ばくぜん》と日をすごしました。これではならじいでや関東勢に一あわ吹《ふ》かせんと幸村公、われら十勇士に秘策をさずけた。すなわち、真田隊夜陰《やいん》に乗じて天満《てんま》川を小舟で下り、果てしなくつづく淀川《よどがわ》の葦《あし》の間に身をひそめつつ敵陣《てきじん》深く潜入《せんにゅう》した……夜も夜中の丑三《うしみ》つどき、草木同様関東勢、

清海たち　ぐっすり寝《ね》こんでおりますと……

と清海たち四人、肩《かた》寄せ合って眠《ねむ》りこむ体《てい》。その上手に佐助、甚八ひそんだ心で、このときいきなり、旗などひらめかして、

佐助たち　ドドン、ジャン、ウワーッ。（とさわいですぐかくれる心）

清海たち　敵襲《てきしゅう》だあっ。（はね起きる、以下動きは語りにつれて）

由利　とあわてふためきとび起きたが、どこにも、

清海たち　物影《ものかげ》すらない……

由利　ええ畜生《ちくしょう》め、とまた床《とこ》についたが、こたびは逆の方角から、

お霧たち　ドドン、ジャン、ワーッ。

清海たち　夜討《ようち》ちだあ！——ととび起きたが、どこにも、

由利　影も形もない……これが繰《く》り返されること数百たび……

望月の演奏速くなり、佐助、お霧たちがさわぐたびに清海たち、コマ落としのフィルムの如《ごと》くピョコピョコと起きたり寝たりして、ついにのびる。

由利　時こそいたれと颯爽突撃《さっそうとつげき》真田隊、真っ先かけたる武者ぶり雄々《おお》しき大将が天にもとどけとよばわった——

佐助　やあやあわれこそは大坂城内にその人ありと知られたる古今無双《ここんむそう》の大軍師真田左《さ》衛門佐《えもんのすけ》幸村なり、関東の武者ども見参見参！

清海　さてこそ幸村血迷って馳《か》せこんだか、

海野たち　おっとり囲んで生けどりにせい、

由利　解剖《かいぼう》にせいと関東勢勇み立って立ち向かえば、

甚八　（別の方から）遠からんものは音にも聞け、われこそ智謀奇略《ちぼうきりやく》日本一諸葛孔明《しょかつこうめい》もはだしで逃《に》げだす真田幸村、家康公のおん首頂戴《ちょうだい》に参上——

清海たち　さあどっちだかわからない——

一同　あっちか？
こっちか？

由利　こっちか？
　あっちか？（繰り返し）
　うろうろうろうろ、城を囲んだ五十万、ぐるぐるぐるぐる廻りだした、こういうときには流言飛語、もっとも効能あらたかなり……
お霧　（ぐるぐる廻る一同のなかから顔を出して）大変よ、藤堂高虎《とうどうたかとら》さまお討《う》ち死に！
佐助　（つづいて）上杉景勝《かげかつ》裏切り——
甚八　伊達《だて》政宗《まさむね》脱走！
佐助　大御所さまご最期《さいご》！
伊三　ヒ、ヒ、ヒデ、タダ——
お霧　あんたはいいの。

　以上すべて十勇士のみで表現する。

由利　かくして流言は流言をよび混乱はつぎつぎに波及《はきゅう》する——
筧　（独白調にて）おれは思うさまあばれた、切りまくった……おれはやはり、関ヶ原の深い霧《きり》のなかに倒《たお》れていった親兄弟、多くの友人たちを思い出していた……生きていてよかったと思った、すくなくとも、おれは、いま、おれのためのいくさをたたかっている、と思った……

清海　いつのまにか、おれたちは家康の本陣《ほんじん》近くまで突入《とつにゅう》してた、敵はただ混乱していた。おい、どうだ！　つっこみゃ本陣につっこめるぞ！

小助　もちろんそこまでは予定になかった、おれたちにできるとも思っていなかった。

由利　待て、つっこみすぎると危険だ！

海野　かまやしねえ、できるときやるのは正しいだろ、え？

伊三　ソ、ソ、

甚八　そうだ、状況《じょうきょう》が変わったとき既定《きてい》方針にこだわることはない！

一同　よし！（刀をふりあげて一斉《いっせい》に）家康さまァ、お助けに参りましたあーッ！

「真田丸ロック」

イエイ　イエイ　イエイ　ワーワォ
どんがら　ちゃんがら　どいどい
おれたちって　よ　若くって

位もない　金もない
そうよ　若くって　位もない　金もない
だからよ　かまやしねえよ　な
いっちょ行こう　ってさ　思っちゃう
イエイ！　一二三四の五六、十
十人いたらばたくさんだ
イエイ　イエイ　イエイ　ワーワォ
どんがら　ちゃんがら　どいどい

由利　やがてさすがは大久保彦左衛門《おおくぼひこざえもん》をはじめとする徳川親衛隊、
甚八　決死の勇をふるって逆襲《ぎゃくしゅう》してきた。それではここらで、
筧　真田隊退却《たいきゃく》ーッ。
清海　さんざあらしておどかしてあとはあっさり逃《に》げる気かと、
小助　おっかけてきたけど知っちゃいません、いっしょうけんめい逃げてきちゃった。
甚八　これが昨日、十一月二十六日の、
一同　おれたちのたたかいだ。

寛　それ、鬨《とき》の声、

一同　わッわッわッ　ずんぱぱッ

拍手喝采《かっさい》——暗くなる。

（暗転を合唱でつなぐ場合、つぎの歌——〝うれしいときには酒をのめ　みんなで一緒《いっしょ》に酒をのめ　かなしいときには考えろ　自分ひとりで考えろ〟——以下略）

その二　真田隊抜《ぬ》けが波瀾《はらん》を生む事

城中の一室。同日。

幸村を前に、道犬、有楽、修理、そして淀君と秀頼。

有楽　全体として、真田隊のたたかいは評価すべきである。が、この成果は、ひとり真田隊の功績とみるのは正しくない。同時に全軍十二万の将兵が、城中にあって守りを固め、真田隊に後顧《こうこ》のうれいなからしめたことを重要に評価しなければいけない。

有楽　その見地から、今回恩賞のたぐいはとくにこれをしない。……以上のように恩賞会議で決定しました。

幸村　ごもっとも。

幸村　はあ。どうもわざわざ。

道犬　ついては真田さん、聞いていただきたいのだが、

秀頼　いいじゃありませんか道犬さん。

道犬　いや、やはり少数意見も発表させてください。いいな修理。（修理答えない、道犬かまわず）こんどのたたかいについての評価が、いま織田有楽斎さんから出たように会議できまったことについては、異議はいわない。……しかし、これだけははっきりうかがっておきたい。最高会議が真田隊の出撃《しゅつげき》を認めたのはなぜか、そしてどういう範囲《はんい》だったか。いや、そのときもたしかに私は反対した、しかし秀頼公をはじめ多数が、

秀頼　ええ……私は、各部隊、それぞれ性格も内容もちがうのだから、この会議としては、基本線をはずれない範囲の、独自行動を認めないわけにはいかないでしょう、と……

道犬　とおっしゃられることでもあり、ただ城に籠《こも》ってだけいることが味方の勢いを、元気を失わせ、敵を傲慢《ごうまん》にさせるという意見もあり、そこで敵の先手である藤堂、上杉勢にたいして、豊臣の力を示しておきたいというあなたの説を認めたのだ。従って、おのずから作戦の方針と範囲はあきらかだったはずだ。

有楽　幸村さん、それを逸脱《いつだつ》したことのあなたの責任は、やはり、

道犬　これはぜひ、とっていただきたい。なぜ、家康の本陣《ほんじん》までも、

淀君　あたくしはね、やっぱり、あっぱれな活躍《かつやく》だと、

道犬　淀君さま、大野道犬発言中です。

淀君　ごめんなさい。

幸村　いくさというものは、予想もしなかったことが起こるものです……やはり、敵と接触《せっしょく》することによってそのなかから力は出るものですし、確信も生まれる。それが若いものたちのつね。多少の行きすぎは、これは。

道犬　多少の、だろうかな。（急にじろりと有楽を見る）

有楽　なんです、道犬さん。

道犬　いや。……幸村さん、しかし、多少のであろうと、滅茶苦茶《めちゃくちゃ》な、であろうと、行きすぎはこれを認めてはならないと思う。なぜなら、今後全軍にわたって、もし、

真田隊にならってぬけがけの功名を獲得《かくとく》しよう、勝手気ままにとびだそうという気風がはびこったら、どうなさる。

有楽　真田さん、私はあなたの善意は信じておるのだが。

道犬　（また見て）善意のなんのという問題ではないでしょう。もし、十二万の一人一人が、会議の指導に従わずめいめい思うままのたたかいをはじめたら、え、どうなります。わが軍は四分五裂《しぶんごれつ》だ、完全な混乱におちいってしまう。そうだろう。これが、これこそ、敵の思う壺《つぼ》ではないのか？　（間）その危険な徴候《ちょうこう》はもうあらわれている。うわさではあるが、すでに、今朝ほどから、早くも城の運命に見切りをつけたものか、単独に和平交渉《こうしょう》を開始されたかたもあるとか。（有楽を睨《にら》む）

有楽　ほう。問題だな、本当なら。

道犬　進むも一つ、退《しりぞ》くも一つ。……ことわざにもいうとおり、一筋《すじ》の矢は折るべし十本の矢は折りがたし。

幸村　そのとおりですが、弓を射るときには十本いっしょにつがえたら飛ばないんじゃ——

道犬　なんだと。

幸村　いや、いや、ただ、ことわざはことわざにすぎないというだけです。

修理　（このとき兵士が一人きて修理に耳うち）なに？　（一同見る）いや、どうぞおつづけください。どうぞ。（兵士になにやら耳うちして去らせる）
秀頼　幸村さん、道犬さんはね、真田隊に城を出てもらいたいとまで、
幸村　ほう。
秀頼　なだめるのに苦労しました。
有楽　ともあれ、厳重に反省していただきたい。
道犬　誓《ちか》ってほしいな、今後会議の決定にはかならず従うと。
幸村　はあ……
道犬　そうでないかぎり大野道犬、ふたたび除名を提案する。また、調査がつきしだい、単独和平交渉《こうしょう》を行なわれたかたについても、
　　　烈《はげ》しい銃声《じゅうせい》が遠く聞こえる、喚声《かんせい》も。
有楽　な、なんだ？
一同　（色めく）
修理　（一向にあわてず）いま、物見からの知らせでは、後藤又兵衛さんがわずかの手

兵と、敵陣《てきじん》へ突入《とつにゅう》したそうです。（一同色めく）

道犬　あの、豪傑《ごうけつ》野郎！

有楽　まずい！

幸村　で？　修理さん。

修理　木村重成君があわててあとを追ったようです。酒に酔《よ》われてのことらしい。

道犬　酒、陣中で酒を飲むとは、

修理　朝から、真田さんの部下といっしょに、やっていたようですね。

道犬　真田君！

佐助が幸村のところへくる、耳打ち。例によって佐助の姿は一同に見えない。

道犬　真田君といってるんだ。

幸村　まったく、とりしまりふゆきとどきで……しょうがないんです、うちの連中。

道犬　（大喝《だいかつ》）しょうがないですむかッ。

幸村　はあ、すみません。

木村重成、息はずませて入ってくる。つづいて又兵衛。

重成　後藤さん、無事帰城されました。

又兵衛　いや、申しわけない……わははは。（と豪快《ごうかい》に笑うが、あおざめている）

幸村　だめだなあ又兵衛さん、いい年してイキがっちゃって。困るなあ。

又兵衛　ば、ばかいえ、昨日の真田隊の活躍《かつやく》を聞いて、おちついていられるもんか、え。

幸村　冗談《じょうだん》じゃない、昨日の今日だ、敵は警戒《けいかい》してるにきまってるじゃありませんか。やられたでしょう、さんざん。

又兵衛　たちまち、鉄砲《てっぽう》のお見舞《みま》いだ。おれを守ろうとした部下が、だいぶ……（しょげる）

淀君　あ、血が。（失神しかける）

又兵衛　なんの、これしき。

道犬　（苦りきって）後藤さん、敵を喜ばしただけのようだな。あなたの行為《こうい》は。

有楽　厳重処分だ、即時！

秀頼　まあ、ゆっくり休みなさい。さあ。

又兵衛、重成につれられて去る。

道犬　幸村君、ごらんになったか？　真田隊の独走の結果が、あれだ。あれなんだ。

幸村　困ったな。しかしまねが出るのはかならずしも本家のせいでは。いや、取り消します。とにかくここは、お詫《わ》びします。

道犬　誓《ちか》うだろうね？　今後会議の決定にはぜったい、

幸村　よい決定がなされるよう努力しましょう。

道犬　すると、つづいて後藤隊の独走、規律違反《いはん》が出たことは喜ばしいとあんたは、

幸村　いや、まさか、そんなことを。

道犬　大野道犬提案。真田隊隊長の態度には反省のあとが見られない。除名を提案する。

秀頼　まあ、日を改めて、それは。

淀君　幸村さんも後藤さんも、豊臣を思う心が、つい。

道犬　そうでしょうか？……幸村君、私は自分の誠実をかけてきいている。答えてください……あなたは、本当に豊臣を守るつもりがあるのか？……（いっているうちに興奮してくる）味方を分裂《ぶんれつ》させ、混乱させることで、なにか得られると思っていられるのか？

幸村　さか立ちです、論理が——
道犬　（聞かず）得られるとすればそれはなんだ？　なにを、いったいあんたは、
淀君　（立ち上がる）やめてちょうだい、聞きたくありません私。
秀頼　母さん！
淀君　いいえいいわしてちょうだい、太閤《たいこう》さまのご恩を思わない人が城中に一人だっているはずはない、私はかたく信じています、味方同士が信頼《しんらい》し合わないでどうしていくさがたたかえます？　道犬さん、あなたこそ味方を分裂させ、
道犬　しかし淀君さま、敵を利するものは、つまりは敵です。味方のなかの敵なんだ。敵だッ！
修理　父上。淀君さま。……感情に走ることはいけません。今日の会議はともかく、これで。
淀君　皆《みんな》が、皆がなんといったってあたし……あたし、一人だって敵の本陣《ほんじん》に斬《き》りこみ、家康じじいの首を。
秀頼　母さんてば、母さん、
修理　（きっぱり）本日の会議、これで打ち切ります。

突然《とつぜん》、轟音《ごうおん》。──徳川勢の大筒《おおづつ》のひびきである。一同総立ち。

道犬　敵の総攻《ぜ》めか！

有楽　ば、万事休す！

修理　いや、ただのおどしでしょう。あの距離《きより》と性能では命中率は零《れい》にちかい……（幸村に）でしょう？

幸村　（うなずく）

有楽　し、しかし、

また轟音──家《や》鳴震動《なりしんどう》。

一同いそいで退場して行く。

幸村だけ残る。

暗くなる。轟音がつづく。

間。

幸村　佐助。

佐助　(いつのまにかちゃんと坐《すわ》っていた)はい。……そうですね、まず道犬。あの男には感心する、おもて裏がない。私や殿様《とのさま》とは大ちがい。(笑って)——本当に味方をいわば純粋《じゅんすい》に団結させ、そのことによって力が増し味方がふえてくることを信じています。つまり、やがてかならず形勢は逆転し勝利は頭上にかがやくと……ただ、キメ手をもっていない。結局は、条件闘争《とうそう》におちつかざるを得ないと思っているんです……だいぶ殿様に当たりましたけど、あれも誠実だからで。

幸村　(笑って)しかし、いい気持ちのもんじゃないぞ、敵よばわりは。

佐助　はげしい言葉というものはさ、いっているうちに、自分で自分の言葉に刺激されて、ついついどんどん誇張《こちょう》しちゃうもんでしょ。つまり……敵を利する行為《こうい》だ、敵と同じだ、敵だ——とついなって行くとね、いいすぎたと思ってもカッときてるから歯止めがきかない、で、ありがちなことは、そこでかえって、いやこいつほんとに敵かもしれない、徳川の手先、いや間者かも——なんてほんとに思っちゃう。思いこんじゃう。言葉のあやまりを心が正当化しちゃうんです……行動のまちがいを心は一般に認めたがりません。そこで心がまちがいにふみこんでしまう。……道犬さん、話のはじめは殿《との》のこと敵だなんて思っていなかった、が終わりごろは、半分ぐらいそう思うにいたりました。人がいいんです。(ほほえんで) そんな単純なものではない、というでしょうな、本人に聞かせたら。しかし、単純さは美徳なんです。

幸村　佐助、もちろん読めてるだろうが、おれはやはりいまいらいらしてるんだ。

佐助　ええ。

幸村　やっぱりおれは不愉快《ふゆかい》だよ、不愉快になれることはいいことだ、しあわせだと思う……いまのおれはお前が、なんでもみんなわかってしまうから怒《おこ》ることもできない お前が、やっぱり不愉快なんだ……お前も、(となにやらいいかけると)

佐助　ああ！　そこで、不幸な奴《やつ》だな、なんていわないこと！……(幸村、突然《とつぜん》佐助になぐりかかる、佐助消えた) いいでしょあたしゃ役に立つんだから。役に立つことだけで人につながることを殿は認めてくれる人だから、私はつながってんだから……(姿をあらわす) で、織田有楽ですがね。

幸村　うむ。単独和平交渉《こうしょう》……おれたちをダシに使いやがって。

佐助　ええ。でも裏切りじゃないんだなあ。彼ははじめから条件闘争論で、豊臣の力もまんざらじゃないことを示したとこで有利に和議を結ぶべきだと考えていたわけですな。そこへ昨日の真田隊突入《とつにゅう》。あれ、徳川じゃまさかと思ってたからおどろいたと同時に相当怒った。有楽としてはもう猶予《ゆうよ》はならぬと思ったんです。会議にかけたらまた長びく。……もちろん自分の身を守るためでもあるが、彼としてはこれこそが唯一《ゆいいつ》の現実的な政策であり、豊臣家を守ることであると、

砲声《ほうせい》、大きく。

幸村　当たったな、どこかに。

佐助　たいしたこたないです……だから又兵衛さんの突入と、この砲撃開始には参ったでしょう。城を逃《に》げだすかもしれませんな、そのうち……豊臣を守るためにね、もちろん……だれだ。

お霧がきた。

お霧　殿様……心配してます、みんなが。お帰りがおそいから……

幸村　そうか、ありがとう、すぐ行く……（佐助に）修理はどうなんだ。

お霧　いま、後藤さんの部屋で話しこんでいます。説得してるんです。

幸村　（おどろいて）お前が、どうして。
お霧　千姫さんのお使いでお見舞《みま》いをとどけに。……あたし、仲よくなったんです、彼女と。おつきの人は怖《こわ》がって行かないから。
幸村　大砲《たいほう》をか。
お霧　兵隊さんたちがからかうから。（笑って）みんなあたしのこと男だと思っています。不審尋問《じんもん》されるといってやるからなんです、真田隊の忍者《にんじゃ》で霧隠《きりがくれ》才蔵だって。（笑う）
幸村　すこし、あかるくなったな、お霧。
お霧　そうですか。……千姫さんのせいかしら……あたし戦争って……面白いわ、こう、ごちゃごちゃしてんの……
佐助　殿、修理ですがね……あの男だけがほんとにたたかう気です。というより、条件闘争を信じていない。……しかし、彼は執権《しっけん》職だ、やつは私たちを評価してます。浮浪《ふろう》人の力を利用しなければたたかえないと思っている。しかし彼は浮浪人じゃない……
幸村　ふむ。
佐助　（頭を叩いて）そこまでしか読めないんです、ざんねんながら……あいつ、心をほとんど動かさない、動かなければ読めない……ただ待ってる、なにかを待ってる……読めないんだなあ、そのなにかが。（いらいらして）どうして、あんな男がでてきたか。

お霧　みんなが来ました。

どやどやと真田隊がくる。

小助　殿、ここでしたか。
甚八　さっきの砲撃《ほうげき》でね、天守閣《てんしゆかく》に穴があきましたよ、ぽっかり。
幸村　まぐれ当たりというものはあるもんだね。
清海　ところで、どうなったんです？
幸村　なにが。
海野　いやだなあ、恩賞ですよ恩賞。現ナマですか。
幸村　……
勇士たち　（顔を見合わせて、なんとなく坐《すわ》る）
幸村　佐助。修理のことだが……実は、いくらかわかるような気もするんだよ。

佐助　はあ。

幸村　いったろうお前が、自分の心ではかるんだって。……もし私が権力をもっていたとしたら……（笑って）しかし、それを空想するのは非現実的で、滑稽《こっけい》だな。

まだ砲声《ほうせい》が聞こえている――

「その後、戦線はまったく膠着《こうちゃく》した。これは、戦闘《せんとう》のない戦争だった」

その三　城兵暇《ひま》なる事

由利鎌之助《かまのすけ》が登場する。

由利　週刊大坂城本日発売！　ええお待ちかね週刊大坂城本日発売！　爆弾《ばくだん》的すっぱぬきがぎっしりどんとつまってるよ！……よろしいか、本号の特集記事はだね、一にひそかに進む和平交渉《こうしょう》！　二が解説で徳川の総攻《そうぜ》め計画はどうなっているか。三が、

——これが大変だよ、面白いよ、本誌特派記者の傑作《けっさく》だよ、よろしいか、（声張りあげて）淀君さまと大野修理のひめたる愛情説は真実か！——さあ早く買わないと発禁だよ、買うならいまのうちだよ——ええ週刊大坂城！　籠城《ろうじょう》生活になくてはならない知識と娯楽《ごらく》の泉！　あることないこと満載《まんさい》！　愉《たの》しい閑暇《かんか》を週刊大坂城で！

（退場）

いれかわってぎたあるをつまびく望月と、海野の両六郎が出てくる。

海野　ええ、こんにちは……いかがでしょう一曲……わかっていますよお客さん……籠城ぐらしの憂《う》さつらさ……故郷はなれてはや幾月《いくつき》、うかんで来ますよあの子の顔が、胸にじーんと来りゃ、天守もにじむ……ま、聞いてください、そして泣いてください……

望月　（ひきながら歌う——一応、例のお霧の歌にしておく）

適当につぎに変わる——つぎは穴山小助が、丸裸《まるはだか》の清海をつれて出てくる。

小助　本日、三の丸広場にて、第三回城中相撲《すもう》大会を開きます……選手権者三好清海入道を倒《たお》すものは果たしてだれか……ふるって御参加ください……

清海　(大いに肉体美を誇示《こじ》して、小助とともに退場する)

やがて筧十蔵、憤然《ふんぜん》として由利をひっぱって登場。

筧　おい、なんだ、なんだこの記事は！　真田隊の名花、霧隠才蔵は男か、女か？　降ってわいた妊娠《にんしん》説、こりゃなんだ！

由利　ま、怒《おこ》るな、その、とにかく色気がないと売れないからつい。

筧　きさま、昔ツツモタセにかかった恨《うら》みを。(しめあげる)

由利　ば、ばかな、そんなこといまさら、よ、よせ、く、くるしい。

そこへどやどや真田隊のお霧ファンの連中が血相変えて左右から出てくる。伊三、甚八、小助、清海である。

伊三　い、い、いた！

海野　由利、最低だぞ。

小助　侮辱《ぶじょく》だ、お霧さんにたいする！

清海　決闘《けっとう》しよう、え。

由利　（皆《みな》にこづかれて）ま、まて、とにかく待て、趣味《しゅみ》が悪かったことは認める、あやまる。

甚八　根拠《こんきょ》をいえよ、根拠を。

由利　もどしてるとこ見たんだ。

伊三　ア、相手は。

由利　知らん……ただ、参考までにいえば、先頃こんなことをいってたなお霧、男がみんなだらしなさすぎる……この停滞《ていたい》した状況《じょうきょう》を突《つ》き破る――なんて言葉じゃなかったけどさ、要するに未来にたいする展望、とまで行かなくても、現状を打開する行動、せめて戦略戦術なりと明確に出せる人はいないものだろうか……そういう人が、もしいたら……

間。

清海　すると、いたってわけか、そういうの。（一同顔を見合わせる）
海野（佐助がきているのに気づいて）あ、佐助、お前どう思う？
佐助　由利さん、たしかにこの記事はひでえよ……今後もう取材に協力しないぞ。
清海　お前、わからねえか、ほんとのこと。
佐助　おれ、心は見えても腹んなかは見えねえ。

望月がくる。

望月　お霧に聞いてきた……もどしてるとこ由利さんに見られたからだろうけど、それは食物にあたっただけだと。
一同（ホッとする）
由利　よかったじゃないか……ま、みんながんばってくれこれから！……いや、いや、からかってんじゃない、絶対……お霧のようなやつまで納得《なつとく》させ獲得《かくとく》できるような戦略戦術、あるいは行動じゃなきゃだめなんじゃないか、というとなんだ……おれの意見は。（恐縮《きようしゆく》して）それにしても趣味《しゆみ》が悪かったな、やっぱり。

その四　将達も暇《ひま》なる事

一室では淀君さまが修理の謡《うたい》か歌で典雅《てんが》に舞《まい》を舞っている。謡われている文句は――「いとけなかりし時よりも、いくさに明け、いくさに暮れ、流るる雲といくとせぞ、花のいのちはみじかくて、おもいこんだらいのちがけ……」

また一室では、道犬と有楽が茶坊主《ちゃぼうず》にお灸《きゅう》を据《す》えてもらっている。

秀頼公は、小姓《こしょう》相手にアヤとりなどしている。

――など、など。そのなかを、佐助が憂鬱《ゆううつ》にぶらぶらと歩いて行く。

その五　お霧千姫に心を打ちあける事

歌が聞こえて明かるくなると、大きな穴のあいた天守閣。夕焼。

お霧と千姫（十七歳）。

千姫　しだれ小柳《こやなぎ》
楊子木《ようじぎ》には　よいとや
けずりほそめて
楊子木には　よいとや
小柳　やなぎ
しんだれ　しんなれやすいとや
お霧　——田植の歌でしょ、それ。
千姫　知らない。ばあやがうたってたの。……こんなのも知ってる。（歌う）
死なば夏死ね
青田のなかで
ほたる灯《ひ》ともす　蟬《せみ》は啼く（コロコロと笑う）
お霧　（おなじ節で歌う）
おかか叩《たた》きだせ
餓鬼《がき》しめころせ
あなた女房にゃ　わしがなる

千姫　わ、すごい歌。
二人　（笑う）
千姫　お霧さんの好きな人、奥《おく》さんいるの？
お霧　ううん……ただ、あたしのことをきらいなの、その人。
千姫　悲恋《ひれん》ね。
お霧　千姫さん、秀頼さまのこと好きなの？
千姫　好き。大好き。ちょっと気が弱いけど……でもそれは皆《みんな》のためを思うからなんだ。
　重成さんすてきだって人多いけど、私、きらい。
お霧　うちの殿様《とのさま》、ちょっといいでしょ。
千姫　でも、ぐっとさ、調子狂《くる》っちゃうほどじゃないな。
お霧　そうね、ちょっと、物足りないわね。
千姫　あのね、秀頼さまとこんなこと話すのよ、よく……あたしは徳川の将軍の娘《むすめ》で、
　秀頼さまは太閤《たいこう》さまの息子《むすこ》でしょ。
お霧　ええ。
千姫　で両家は敵味方でしょ。
お霧　ええ。

千姫　ほんとなら、愛し合えないじゃない、合っちゃったら悲劇じゃない。……でも、あたしと秀頼さまは子どもンときから夫婦で、愛し合っちゃってるじゃない。どういうの、これ。
お霧　つまらないの？
千姫　（首をかしげて）わかんない。……ね、いま、和議の交渉《こうしょう》が進んでるでしょ？
お霧　ですってね。
千姫　この間おばさまがきたわ、常高院さま……京都の天子さまにね、調停を依頼《いらい》するんだって。
お霧　へえ。
千姫　じき平和になるわ、きっと……秀頼さまはね、豊臣家の体面なんかにこだわる気はないの……いってたわ彼、修理もあきらめたようだからきっと成立するって。
お霧　あきらめたって？　なにを。
千姫　さあ、いくさをじゃない？　みんながずいぶん期待してた薩摩《さつま》の島津さんからお手紙がきたのよ、和議を結ぶべきだって。がっくりよ、みんな。あんな遠い国の人、あてにすんなんて、ばかみたい。（愉《たの》しげに笑う）京都の金座の人からもこのへんでやめろっていってきたし、とにかく、また江戸へも行ける！……お霧さんも行こう、ね？
お霧　（笑って）好きな人が行けば。
千姫　あら。（コロコロ笑う）
お霧　私ねえ……その人の行くところへ行くのよ、どこでも、結局……だから自由じゃないのよね、でも自由だから困るの、つらいのよ。いったい自由ってなんなのよ。もうずいぶん長く……ずうっと、その人のことだけ思ってるの、あたし……子どものときから、十二のときから。もう十四年。
千姫　（愉《たの》しげにハミングしていた。大坂ことばで）やあ、ものすごいわあ。
お霧　せやろ……ものすごい……うそ、ちょっとおっきくいったの……そんなことできるもんじゃないわよ人間て、その人のことだけなんて。ううん、ほかの人は知らない、あたしは……だからその人はあたしがきらい。
千姫　あほくさ、でもだいたいはいちばん好きなんでしょうその人が……ならいいじゃないね……うちのおつきの人たちかて、よういうてるわ、寝《ね》てもさめても夢うつつ、一生忘れられへん……で、すぐ忘れちゃうわよ……絶対の愛なんて……絶対とか純《じゅん》粋《すい》とかって、要するに記《き》憶《おく》力の問題じゃない？　都合の悪いことは忘れちゃう人が、つまり純粋なのよ、ね。だからあたしも秀頼さまに純粋、へへ。

お霧　男って絶対をほしがるじゃないのさ。
千姫　黙《だま》ってりゃいいのよ。そういうもんよ。
お霧　（急にうつむいて口を押さえる）
千姫　どうしたの？　お霧さん……（わかって）赤ちゃん？

天守閣の屋根の上に佐助がねころがっていたのがこのときわかる。

その六　幸村再び夜討《ようう》ちを企《くわだ》てる事

烈《はげ》しい風が吹《ふ》きすさむ夜である。
幸村を中心に、いくさ仕度《じたく》（正式の鎧兜《よろいかぶと》ではなく活動的な軽便なもの）をした十勇士。

幸村　あす朝、徳川勢は城に総攻撃《そうこうげき》をかけることになっている。城方でもそれを受けて、一応大いにたたかう。そして両軍十分にたたかった、ということを天下に、いや、おのおの麾下《きか》の各部隊に示して、夕刻にめでたく、和議の交渉《こうしょう》に入る。――そういうわば八百長《やおちょう》が成立したようだ。両軍ともこれは最高幹部の、それもごく一部しか知らされていない。すべて、佐助がさぐった情報だ。徳川からは、真田隊だけは注意して抑《おさ》えてくれといってきているそうだ。当然、あすも抑えに抑えられて戦いらしい戦いはできないだろう。すでに、城中からの指令以外にけっして逸脱《いつだつ》してはならぬ、ぬけがけはならぬときびしい達しがきている。……おれは、その指令を、あえて逸脱しようと思う。……おれは和議に反対だ。なぜなら、朝廷《ちょうてい》のあっせんをまったく信頼《しんらい》できないから。朝廷の利害は徳川に一致《いっち》こそすれ、おれたち浮浪人《ふろうにん》に一致するはずはあり得ないから。……だから、おれはこの和議をこわすつもりだ……そのためには、今夜が最後の機会だ。おれは、朝という意味を最大限に解釈《かいしゃく》して、夜あけ前に突入《とつにゅう》したい。敵は朝に開戦の約束だから油断している。佐助、たしかだな。

佐助　たしかに。朝までぐっすり寝《ね》て鋭気を養えという指令が例外なく出てます。

幸村　よし、そこでだ。うまく混乱が起こせればしめたものだ。まず、後藤隊、木村隊がつづくだろう。これはすでに又兵衛の諒解《りょうかい》を得てある。そうなればおそらく長曾《ちょうそ》我部《かべ》、塙《ばん》など浪人部隊はつづく。と、なれば他の隊もつづかぬわけにはいかない。

はじまってしまった以上、朝にはたたかうことになっている以上。……大混乱が起きるだろう。それでどうなるかはやってみなければわからん。以上がおれの計画。討論を期待する。

望月　望月六郎反対。和議のあっせんの内容が期待できないことは同感。しかし、われわれにつづいて、果たして全浮浪人部隊が蹶起《けっき》するだろうか？

甚八　根津甚八、望月さんに反対。全体がつづかないかもしれない、が、絶対につづかないとはいえない。また、つづかなかったからといって、おれたちの行動が正しくないことにはならない、不毛《ふもう》でないとはいえない。

伊三　カ、カ、

筧　賭《か》けることには筧十蔵反対。大混乱が起きたあとの明確な計画がないのは無責任だ。それこそ敵でなく豊臣勢の混乱と潰滅《かいめつ》を結果するだけになる危険が多い。われわれにはわれわれだけを、自分が自分だけを賭ける資格はある、が、豊臣勢全体を賭ける資格があるか？

お霧　自分自身だけを賭けるなんてことは私、あり得ないと思うの。（一同、おどろいて注目）あたしたちがなにかに賭けて行動するとき、それは自分だけでないおそらく大勢の人にかかわってしまうんだと思うの。どんな行動でも……たとえば、恋《こい》だって。

間。烈《はげ》しい風。

海野　海野六郎、殿《との》の計画に賛成。いいか、二つの場合をくらべてくれ。まず、おれたちがここでやるべきだと感じたことをやって混乱が起きた場合。つぎに、やるべきだと思いながらやらないで混乱も起きないで、無事に和議が成立した場合――果たしてどっちが、

望月　そりゃ、どっちがいいとはいえない、そういう保証はない。

海野　いい、いい、よしあしじゃねえんだ！　どっちかが、よりおれたちの責任がうすいってことはないってことだ、どっちもおれたちの責任なんだってことだ。

由利　由利鎌之助反対。混乱の結果、たたかいはあともどりしてしまうだけじゃないか？　おれの情勢判断では負ければもちろん、勝ったところで、いまの日和見《ひよりみ》幹部の状況《じょうきょう》では、結局おれたち浮浪人《ふろうにん》にとって裏切り的な結末をつけられてしまうだけじゃないか？　その口実をあたえてしまうだけじゃないか？

佐助　ああ、口実はいつでもある！　おれたち極左分子が戦うことも口実なら、たたか

わないこともやつらの口実だ……それだけはたしかだ。猿飛佐助、指令逸脱《いつだつ》に賛成。
小助　穴山小助、いうまでもないことです、殿《との》にどこまでも。
清海　おれは……うまくいえねえ。佐助、読んでくれねえか、おれの胸のうち。
佐助　（首をふる）おれ、ちかごろお前もよく見えねえ。
清海　おれ……せんだって、相撲《すもう》大会で、村の幼《おさな》なじみと会った。雑兵《ぞうひょう》だ……なつかしかったぜ。ホレ、新田《しんでん》の婆《ばあ》さまどうしてる、てな話よ。……なつかしかった、とだけいっておきてえ。後悔《こうかい》じゃねえ。……村はひでえらしいよ。元気のあるやつはみな村をおン出ちまったようだよ。で、元気のあるやつがいなきゃ村はどうにもならねえらしいよ。ひでえもんらしいよ……（笑って）なにいってやがんだか、おいら。（はっきり）三好清海、突入《とつにゅう》に賛成。
幸村　もう夜半をだいぶすぎた。余裕はない。例の原則どおり、やりたいやつだけがやる、やりたくないやつはやらぬ。そして、今日参加しなかったからといって、参加しないものが仲間でなくなるわけではない。この次またいっしょにやればいいんだ、仲間だ。このつぎがあるとしての話だがな。さあ、行くやつは右、行かぬものは左。このさいつれしょんべんの気分は出さない！

甚八、海野、清海、伊三、小助、佐助、お霧が右、筧、由利、望月が左。
残る組三人　われわれは独自行動を考えてなにかやる。がんばってこい。
行く組の七人　おう。
幸村　やる組のうち配置をきめる。お霧は城中に帰り、茶臼山《ちやうす》に火の手が上がって、われわれの行動が成功したとみたら家康頓死《とんし》の虚報《きよほう》を流し全軍を出撃《しゆつげき》させるよう努力する。ほか六人は、ついてこい！

烈《はげ》しい風——

——幕——

第三　炎《ほのお》の巻

その一　慶長《けいちょう》十九年十二月十六日の報告の事

暗いなかに、いくさ姿の十勇士と幸村。——しかし、前場とちがって、皆惨《さん》憺《たん》たる姿。刀は折れ、具足は傷つき、なかでも筧十蔵、三好清海入道、穴山小助は血まみれですでに顔の色がない。この場の進行につれてわかるが、彼らはすでに鬼籍《きせき》に入っているのである。他の面々も、すべて傷つき、返り血を浴びている。佐助と、たたかいには参加しなかったお霧が、返り血の度がすくないだけ。

勇士たち　（激しい調子で）
きいてくれ　おれたちの話

おれたちのたたかいの話を
話さなきゃいられねえんだ
きいてくれ　きいてくれ

幸村　（正面を向いたまま）やる組のうち配置をきめる。お霧は城中に帰り、茶臼《ちやうす》山に火の手が上がってわれわれの行動が成功したとみたら家康頓死《とんし》の虚報《きよほう》を流し、全軍を出撃《しゆつげき》させるよう努力する。ほか六人は、ついてこい！（足ぶみで歩き出したことを示す）

六人　（同右）

幸村　こうして私たちは出発しました。だが、真田丸を出てすぐのことだった。行く手の暗闇《くらやみ》から一隊の将兵が湧《わ》き出したようにわれわれの前に立ちふさがった！

幸村と六人　（おどろいて止まり、先をうかがう）

彼らの背後の高所に後藤又兵衛《またべえ》、木村重成《しげなり》が浮《う》かび上がる。（やがて多くの旗差し物も見えるようになる）

幸村　（前を向いたまま、以下同じ）なんだ……後藤さんに木村さんか、と私はホッと安心していった。いや、しかしこのときすでに、悪い予感が私の胸を走っていたようだ……（平然と）お見送りとはご丁寧《ていねい》だな、しかしこんなところにたまっていては、敵にたいしてはもちろん、城中の大幹部どもに気づかれて、昨日お耳にいれておいた私の計画が台なしになってしまう。早く城内へもどってくれ。

又兵衛　いや、見送りではない。

幸村　ではなんだ。夜《よ》討《う》ちは小勢のほうが、

重成　お止めしにきたんです。

幸村　なに？

このとき又兵衛と重成の背後、さらに高所に大野修理（平服のこと）が浮《う》かび上がる。

勇士たち　大野修理！

幸村　私は思わずいった、裏切ったな、後藤さん！

勇士たち　（警戒《けいかい》して固まる）

修理　（しずかに）裏切り？　裏切りとはおかしくありませんか幸村さん。味方が、味

方のことを味方の総指揮者に告げてくれたのです。これが裏切りでしょうか？……裏切りというのは、これまでの味方をひるがえって敵にする場合をいうのではありませんか？……しかし、あなたはいま裏切り、と口にされた──

勇士たち　（猛然《もうぜん》、叫《さけ》ぼうとした）

佐助　（そのとき、突然《とつぜん》、叫ぶ）読めない！……修理、あんたはなにを考えてるんだ！　あんたはいま、しちくどいいいまわしでおれたちのなかにと同様、自分自身のなかに怒《いか》りをかきたてようとしている。しかしあなたのなかにあるのは、いま、ぶわぶわと揺《ゆ》れているのは、それはなんだ？　あわれみ──ではない、友情──（叫ぶ）愛情！　そんなはずはない、しかしそうとしか見えねえ、あんたが、おれたちにたいして愛情！

幸村　黙《だま》れ佐助、黙れ、黙ってくれ、おれは、おれたちはこいつを憎《にく》まなければならんのだ。いま憎まなければおれたちがおれたちではあり得なくなるのだ。憎め佐助！

佐助　だめだ殿様、おれにはだめだ、見えるんだ、あいつの、どんなときでもずんわりとしか動かなかった心が、いまはじめて嵐《あらし》の夜の海のようにでろんでろんとうねり立って、不安と苦しみ、怒り、嫉妬《しっと》、ああ、それは、（叫ぶ）それは祈《いの》りか？

幸村　佐助、見るな！　見るな佐助！　皆《みんな》佐助を抑《おさ》えろ！

佐助　(抑えられる前にガッとくずおれ、うつぶす)おれには読めない、読めない!……

修理　……(まったく表情を動かさない)

　　間。だれも動かない。

幸村　修理はわれわれにいろいろのことをいった……彼のいうことはいまや、彼の親父《おやじ》道犬とおなじだった……ひとつ心に……守るも攻《せ》むるも……十本の矢……もう忘れてしまった……ただ、私には、なにかこうなるのが当然のような、こうなることがはじめからわかっていたような気がしはじめていた。それは、なぜかホッとするような気持ちだった……

　　六人、いや行かないはずだった四人もここで合流して――九人が精一杯《せいいっぱい》に怒《いか》りをぶちまける。が、声は聞こえない。音楽が聞こえはじめている。〝ずんぱぱッ〟かなんかのアレンジがよいか。

又兵衛　（必死になだめて）わかる、気持ちはよくわかる。同感だ、その熱情、尊い、尊敬する。しかし、

重成　同じ若ものとしていいます！　やはり、たたかいは全軍で！　あなたたちに少数の浪人《ろうにん》部隊は共感するでしょう。つづくかもしれない。しかし十分の訓練を経た、装備も十分な、十二万の城兵中七万を占める大野・織田の部隊が、もし動かなければ――

又兵衛　そうだ、たたかいは混乱をよぶだけだ、敵の思う壺《つぼ》だ、敵を利するものだ、えェこれだけいってもわからんか、きさまらおれが自分の気持ちを抑《おさ》えて、こらえて、これだけ――だ、だいいち、わしの隊だって動かんのだ！

重成　話し合いましょう！　かならず、より高い統一、より深い団結が結べるはずなんだ、話しましょう、徹底的《てっていてき》に！

又兵衛　き、きさまら、徳川の手先か、敵の間者か、くるか！　くるなら後藤又兵衛、相手になる！

　このへんのくだり、刀に手をかけ、密集した一団となって斬《き》りぬけて通ろうとさえする勇士たちを幸村が無言のまま押し止《とど》めるなどあって、とど、勇士

たちは全員幸村を中に円陣《えんじん》をつくってなにやら打ち合わせる。以下、つぎのせりふのうちにしだいに空が白みはじめ、彼らが味方の旗差し物によって完全に包囲されていることがわかってくる。

小助　殿《との》は、このとき、この状況《じょうきょう》では後藤さんたちの隊を押しのけて通ることはできそうもないとあきらめていました……だが、殿はそれでもすべてをあきらめていたわけではなかった。希望はもはや万に一つもないけれど、夜が明けてからの両軍の八百長《やおちょう》戦争のなかでわれわれだけでも精一杯、敵陣《てきじん》深く突入《とつにゅう》することを努力してみよう、と……

甚八　ほかに道はなかった。時は刻々と移り、夜がやがて明け放たれました。殿はじっと味方の包囲をつきぬける機会を狙っていました。と、徳川陣から総攻《そうぜ》め開始の合図のほら貝が（ほら貝が鳴りわたる）――思わずわれわれを囲んでいた連中はふりかえりました、そのときです。

幸村　いまだ！（叫《さけ》ぶ）わッわッわッ。

勇士たち　ずんぱぱッ！

勇士たち、一団となってつっこむ（心）。

同時に他の人びとはすべて消える。

ドドン、ジャン、ウワァ……

幸村と勇士たちはゆっくりと、この場の最初の位置にもどる。照明も同じく。

筧十蔵、穴山小助、三好清海は、仲間にかかえられてやっと体を起こしている。

間。

勇士たち　おれたちはたたかった。

力のかぎり、たたかった。

幸村　しかしそれがどうしたというんでぇ……（ほほえんでいるように見える）

由利　やっぱり、おれたちにはだれもつづかなかった。真っ先かけて敵中につっこんで、本気でたたかっているおれたちを見て、多少の動揺《どうよう》はあちこちの隊にあったようだが、全体としては、弓鉄砲《てっぽう》は空に向けてうて、という指令をあやしみながらもそのとおり空へむなしい矢玉を放ち、敵と接触《せっしょく》するや否《いな》やもどれェーとかかる指令のとおりにもどっていった。おれたちは敵中に孤立し、皆それを横目で見ながらはなやかな雄叫《おたけ》びと鬨《とき》の声を冬空にひびかせて整然と力強く城中にもどって行った……エイエイオー……ウワァ……ドドン、ジャーン……そして仲間の三人が死んだ。筧十蔵、穴山小助、ずく入の清次、いや三好清海入道……

三人、くずおれて、横たわる。

伊三　(天を仰《あお》いで涙《なみだ》をふるって大声に)ア、兄貴の仇《かたき》はきっと――

海野　やめなって、そんなの。(こづく)

甚八　そうさ……これからさきの展望についてかんがえようや、さあ!

海野　(顔を見て)そういうのにもおれ、ついてけねえ。……(死体のそばにしゃがみこむ)

「やがて、和議は成った。両軍の交換《こうかん》した誓約書《せいやくしょ》の内容つぎのとおり。

一、秀頼の身の上を保証し、本領を安堵《あんど》する

二、城中の将兵にはおかまいなし」
「こうして冬の陣《じん》は終わった。
が、誓約書記載《きさい》の条文以外に、ある口約束が交《か》わされていた」
「大坂城そとぼりの埋《う》め立て」

その二　濠石垣《ほりいしがき》破壊《はかい》の事・佐助告白の事

歌声が聞こえる。

受声　やれこのォ　えんやらやんえ
音頭《おんど》　めでたやめでたや　えんやらやんえ
受声　やれこのォ　えんやらやんえ
音頭　お味方勝利よ　えんやらやんえ
受声　やれこのォ　えんやらやんえ
音頭　お城の太鼓《たいこ》も　えんやらやんえ

受声　やれこのォ　えんやらやんえ
音頭　サテ音が良い　えんやらやんえ
受声　やれこのォ　えんやらやんえ
（東北の地搗《ぢつ》き唄《うた》の形を用いた）

「翌元和《げんな》元年二月」

濠埋《ほりう》め立ての工事現場。昼近く。
人夫が、もっこを運んでいる。なかには大坂方兵士が動員されているのが目立つ。重成と又兵衛がぶらぶらくる。二人ともなんとなく元気がない。

重成　結ばれた和議の条件は、まあよかった……ともかく徳川も鐘銘《しょうめい》事件のときの難題、秀頼公に大坂を捨てろという要求は、ひっこめざるを得なかったわけです。豊臣は守られた。私たちは勝った。勝ったといえるんですね、後藤さん。
又兵衛　ああ、そうだろ。
重成　なら、なぜもっと元気にならないんです、後藤さん。
又兵衛　む？……元気だ、元気だよおれ。あんたこそ。

重成　私は元気ですよ。……ただ、道犬老人や有楽斎《うらくさい》さんがあまりお元気だから。

(間) たしかに、豊臣勢など一揉《ひとも》みにもみつぶせると思っていた徳川にとっては、こんどのいくさで示した私たちの力は驚異《きょうい》だったでしょうね。その力を示したことによって、徳川の譲歩《じょうほ》をかちとることができたのですから、十分に大勝利かもしれない。しかし、考えてみれば徳川は、べつにそれで大した打撃《だげき》をうけたわけじゃないんですよ。

又兵衛　そうなんだよ。結局たたかったのは真田《さなだ》隊だけなんだよ。

重成　そういうことじゃありませんよ、真田隊の行動はやっぱりまちがってますよ。

又兵衛　まちがってるよ。けど、おれたちは何をしたんだよ。

重成　でも、たたかいってのはこういうもんなんですよ、きっと。

又兵衛　そんな問題じゃねえんだなあ。

重成　そもそも何が問題なんだかわかんないんですよ、私は。

女たち三人ばかり、愉《たの》しげに歌いながら来る。流行《はや》り歌であろう。

女たち　なんだか　このごろ　つかれるの

はり切っちゃ　いるんだけれど
ふっとためいきついちゃうの　ああ
空の青さも　ものたりないの
女の一人　あら、そこちがうわよ。（歌って）ものたりないの、よ。
ほかの一人　そう、そ。
女たち　まちのあかりにいらつくの
ねえ　あなた　なぜだか教えてよ

重成たちに鉢合《はちあ》わせしそうになって気がつき、うやうやしくお辞儀《じぎ》、重成気どって答礼。女たちしとやかにその場を去る。やがてキャアという笑い声がきこえ、歌のつづきが聞こえる。

女たちの歌声　なんでも　このごろ　あきちゃうの
いっしょけんめい　やるんだけれど
ふっと　心が　おるすなの　ああ……
重成　嫁《よめ》さんもらおうかなあ。

又兵衛　いいことだな。相手は？
重成　いないんですけどね、まだ。

　二人退場。
　もっこをかついで伊三と望月が出てくる。

伊三　（歌）やさしいことばじゃ充《み》たされないのォ、と……
望月と伊三　（デュエットで）しらずしらずに泣けてくる　ねえ　あなた　なんとかしちゃってよ

　幸村がくる。

幸村　頽廃《たいはい》は進行しとるねえ。

　海野と甚八がくる、あとから佐助。

海野　（働いてる伊三たちに）おいおい、おい。
甚八　なにしてるんだい、いったい。
伊三　ド、動員が、
望月　各隊から濠《ほりう》埋め工事に員数出ろっていうから。
海野　冗談《じょうだん》じゃねえよ、呆《あき》れたな。自分たちを守る濠を自分たちで埋めるばかがどこにいるよ。
望月　（見まわして）大勢いるな。（笑って）城にいる以上一応指令には従うべきだろう。
甚八　愚劣《ぐれつ》な指令に無原則的に従うこたないよ。さ、やめて話ししよう。相談があるんだ。
幸村　待て待て、おれがいてさぼらしたとなると、また計画的な挑発《ちょうはつ》だの思想的な背景だのうるさいからな。そうだな、もうじきお昼だろ、どうせ。（叫《さけ》ぶ）やあーい、昼飯の時間だぞォーい。
声　（たちまちにして）昼だぞォ……飯、飯……（という声がしきりに起きる）
　仕事が全部とまった様子。

人足頭《がしら》らしいのがとんでくる。

人足頭　だ、だれが休めといった！　まだ、昼には小半刻《こはんとき》。

海野　なんかあっちの方から声が。

人足頭そっちの方へいそいで退場。勇士たち思い思いに腰《こし》をおろす。

甚八　でれでれしてる暇《ひま》はねえ、と思うわけです。この停滞《ていたい》、この空白、一方には漠然《ばくぜん》たる虚無《きよむ》的心情が蔓延《まんえん》し、他方にはあかるすぎる自信がきわめて主観的に横行、

望月　同感。その双方《そうほう》の感情的反発がいわば混在している。それは、一人の人間の心のなかでもそうだ。そうだろう佐助。これは、危険だ。

甚八　この状況《じょうきょう》を、いかにきりひらくか、未来への展望をうちだすか。おれたちはこの課題に精力的にとりくまなければならない。それによってだけ、危険な政治的空白は充塡《じゅうてん》され、進行している本質的頽廃《たいはい》はその基底《きてい》部分において変質する。なんでもこのごろあきちゃうの、ではすまない、と、こう思うわけです。

海野　おれなあ、(間) どうしても考えちゃうんだけれどな、あの日のことを、十六日

……又兵衛や修理が出てきたこともまずかったが、それだけじゃない……おれは、おれたちがやろうとしたこと、やったことはまちがいじゃなかったと思ってんだよ。ただ、なぜ、失敗したか。
甚八　おれは、まちがいがふくまれてたと思うんだ、いま。
望月　ほう。
甚八　まず、ひとつは、結局あの日重成のいったとおりになったこと。大野、織田の支配下にある訓練を経た装備も十分な部隊を立ち上がらせることはできなかった。できるかもしれない、と思ったのも甘《あま》かったし、できなくてもやれる、と思ったことも甘かった。
海野　しようがなかったじゃねえかよ、ほかに。
甚八　いい、これからのためにいってんだぜ？　おれは。――第二に、それに関連して、彼らを立ち上がらせるための努力が、籠城《ろうじょう》してむなしく時をすごしている間に、果たして十分だったたか？　最高幹部会の日和見《ひよりみ》に腹を立ててるだけだったんじゃないか？
望月　うむ。
甚八　これじゃ豊臣勢を利用するどこじゃなかったよ。浮浪人《ふろうにん》・雑兵《ぞうひょう》の部隊にたいしてさえ、働きかけは弱かった。

海野　お前じゃねえか、行動によってついてこさせるったの。
甚八　そうだよ。だから反省してんだ。なぜ、やつらに十分働きかけられなかったの
か？……つまり、樹立すべき政権の形を、また、そこに至るべき道を、明確にあた
える確信がなかったからじゃないか？……結局、豊臣を守るという低い線に同化し
てたんだ。豊臣勢のなかにはいろんな部隊があって、内容も要求もそれぞれちがう、
ということにやっぱり引きずられて、結局、日和《ひよ》ってたんじゃないか？　いわば、
これは、犯罪的なことだった！
海野　そうかなあ。
望月　で？
甚八　従って、これからの課題をこう規定すべきである。大野、織田らの支配する最高
幹部会の否認《ひにん》、いや、打倒《だとう》！　そして明確な綱領《こうりよう》と政権構想をもった新幹部会の樹
立、すなわち、全籠城《ろうじよう》軍の指導権を浮浪人《ふろうにん》の手に！　どうだ、明確だろ。以上のよ
うに考えます。（坐《すわ》る）

一同沈黙《ちんもく》。いつのまにかお霧《きり》がくるが、だれも気づかない。

望月　ふむ……で、執権《しっけん》は、だれにするんだ。

甚八　もちろん、殿《との》さ。

幸村　やなこった。

甚八　殿！

幸村　甚八、お前が浮浪人政権を夢想したのは結構だった、若ものらしくてな。しかし私ははじめからその実現を信じてはいなかったんだよ。

佐助　（突然《とつぜん》口をはさむ）そうでした。しかし、

幸村　ああ、意外な多数の浪人が参集したと聞いて、チラともしや、というような助平《すけべい》根性《こんじょう》が働いたことを否定はしない……しかし、いくら浪人があつまって、いくらはげしくたたかい得たところで、どうなるという情勢ではない、とも思っていたんだ。豊臣が勝ったところで政権の交替《こうたい》にすぎない。たたかいの中心がよしおれたちだったにしたところで、おれたちの政権にはなり得ない……いったい、なぜ大野、織田がたたかいを避《さ》けたと思う？　それは、彼らにとってけっして失いたくない物質的な基盤が、徳川の支配下でもいまのところ存在するからさ。それが悪いといっているんじゃない。当然のことさ。だから徳川にたいして大いに勢威《せいい》を示して豊臣家が守られ、自分たちの利得が守られ、あわよくば拡大《かくだい》されればそれでいいので、徳川

を打倒《だとう》する必要はないんだ。

佐助　（また口をはさむ）殿《との》、そのとおりですが、

幸村　（無視して）彼らはそのために浪人《ろうにん》勢を利用した。だから彼らにとって必要な勝利は自分たちの主導による勝利だけであって、他の力による勝利は、困る、敗北より困る、憎《にく》いとさえいえるだろう。こわいのは敗北より浪人勢の伸長であり権利拡張なんだ。だからたたかいは敵にたいしてよりむしろ味方のなかで、いかにたたかいの名分をとるかで争われた……

甚八　ええ、ですから、われわれはわれわれのための。

佐助　殿、それはそうです。彼らのなかにそれがあったことはたしかだ。しかし、

幸村　それだけではない、というんだろ？……佐助、お前にはそれが見える……彼らの善意も、誠実も、浪人勢に手伝わしたからにはあとあと十分面倒《めんどう》を見ようというつもりも、いや、それ以上に、豊臣を守ることが同時に浪人のためにもなるとか、あるいは、彼ら食いつめた浪人勢のためにこそおれたちは豊臣を守るのだとかいう彼らの理窟《りくつ》も……しかし、おれは、それは見えなくてもいいと思うんだよ。おれたちには、不必要なことじゃないかと思うんだよ。（はっきり）見てほしくないな、もう。見てもらっては困る。……お前の貴重な能力がかならずしも、たたかいには役

立たない。むしろ、邪魔《じゃま》になることがある……お前の責任ではないことだが。

佐助　……（やはり、相当に衝撃《しょうげき》をうけた）

幸村　たたかいとは、内心の声によって行なわれるものではないからな、おおむね。いや、たたかいだけのことではない。いま、おれがこういいながら心になにを思っているか、感じているか、それがお前のなぐさめになるかね？

佐助　……

幸村　（顔をそむける）——結局、おれたちにはおれたちの立場があり、要求がある。彼らには彼らの。それがすべてじゃないか？　いったい、敵だの味方だのいうことは、どういうことだ？　どこでその線をひくつもりだ？　大野、織田にとって、徳川が敵であるのと同様、おれたちも敵であるのはわかり切っているんだ。いわば、一人一人が敵さ。憎《にく》み合っていいんだよ。おれたちがたがいに憎しみ合うようになれば本物かもしれない。その敵同士が手を組むのさ。目的に応じ状《じょうきょう》況に応じて。だから線のひきかたはあるぜ、たしかに。ないといってんじゃない。ただ、千古不《ふ》滅《めつ》の、いつまでも変わらぬ線のひきかたがあるだろうかといってるんだ。さきのことは知らんがねえ。

間。

海野　たいしたことはねえなあ、そういう話聞いても。ポンコツやってたころからわかり切ってんですよ。もっとも、たるんじゃきてるけど、だいぶ……おれを恐喝《きょうかつ》したい、い、い、ずくにゅうも死んじゃったな。

間。

甚八　おれは、とにかく浮浪人《ふろうにん》は団結できると思うな、そのための中核をつくるべきだと思うな。線のひきかたははっきりしてる。ちがいますか。

幸村　そうもひける、ということさ。そうひきたければひくがいい。ただ、そのときも忘れないことさ、一人一人がたがいに敵、いや別のいいかたがお気に召《め》すなら、孤独か。

甚八　（笑い出して）どうやら、殿《との》のいうことも佐助と似てるなあ、一人一人の心をどうこう、表と裏のちがいはあるけど。興味がありませんおれには。つまり、実際的でない。

海野　お前ンだってそう実際的じゃねえや。
甚八　どうして。
望月　だいたい、どうやって幹部会を倒《たお》すのかね。
甚八　斬《き》っちゃいいだろ、斬っちゃ。
望月　大勢ついてるよ、家来が。
甚八　じゃ、佐助に頼《たの》むか、忍術《にんじゅつ》で。
海野　できねえよそんなことこいつに。一度だって人を斬ったことないんだ。斬る前に相手の気持がわかっちゃう。だろ？
佐助　……
海野　それにな甚八、殿《との》がいやだといってんだぜ、その新しい中核とやらは。
甚八　そりゃこれからの説得さ。
海野　（呆《あき》れて首をひねる）ま、幹部たたっ斬んな反対じゃねえけど、おれも。
由利鎌之助がばたばたとくる。
由利　いやあどうも、おそくなって申しわけない。つい、興が乗って筆が進んだものでな。いや、ご存じのかたもあろうが、いまこの大坂のたたかいの記録を執筆《しっぴつ》中でね、私。題名をなんとしようか苦慮《くりょ》してるんだが、なんか、いいのないか？

海野　あることねえこと書くんだろ、また。

由利　そりゃ多少は、芸術家としての主観でな。売れなきゃ困るし。当たりがすべてだからな、この種のものは。しかしこりゃ当たるよ、絶対に当たる！　ところで、聞かせてくれ話の具合。これも資料の一つ。

甚八　いいかげんにしろよ由利、いまおれたちはだな、真剣《しんけん》に。

海野　すっこんでろよ。

由利　（突然《とつぜん》）ばか野郎。（皆《みな》あっけにとられる）いや、こりゃ悪かった、おれさまともあろうものが。……つまりな、おれはお前たちがお前たちの戦略戦術を信じてるその程度には、おれの芸術的、娯楽《ごらく》的行為《こうい》を信じてるんだよ。うひゃッ。

幸村　由利、当たってほしいな、お前のその本。いい役だろうな、おれは。

由利　いくらか出しますか。（笑って）おれのしてることはいわば無駄《むだ》で余計なことさ。しかし無駄や余計をばかにしてほしくないな……たとえばおれには、たたかいの総《そう》括《かつ》やこれからの展望と同じように、お霧の流産も気にかかるんだよ。

皆《みな》、すこし離《はな》れてひっそりといたお霧に気づく。
お霧、なるほど顔色がきわめて悪い。

海野　お霧……大丈夫《だいじょうぶ》なのか、起きたりして。
由利　総括《そうかつ》なら、ついでに、お霧の流れてしまった子どもの親がだれか、はっきりしてほしいな。趣味《しゅみ》が悪いとは思わんぜ、いまは、おれ。……お霧にきいても無駄《むだ》だ。いうくらいなら死ぬだろう。さあ、だれだ？
幸村　由利、反対だなおれはそういうの、やはり。
佐助　おれだ。

間。

海野　(佐助に)ほんとか。
望月　(ついて)お霧を見ろ……

沈黙《ちんもく》。

海野　（押《お》し切って、いう）ひとつだけ……やっぱり、聞く。おれ、不愉快《ふゆかい》な、いやらしい想像を……したことがある。佐助、まさか。

佐助　そうなんだ。おれ、姿をかくしたまま、契《ちぎ》った。いつも。

伊三　こ、この、

伊三、海野、甚八、佐助をとりまく。この場の最初に聞こえていた地搗《ちつ》き唄がまた聞こえ出した。昼休みが終わったのである。

佐助　しかし、ちがうんだ。お霧はおれが好きなんだ……はじめて会ったときから、十四年前、関ヶ原で……ほんとなんだ、なぜ、おれみたいな野郎《やろう》を好きになったか、それはお霧も知らねえ。インチキなもんさ男と女って。ひでえもんだ。……でも、おれは愛だの情だので人とつながれる人間じゃねえんだよ、考えてみろ、どういうことになるよ、おれが女房をもったら！　おれは、全部見えちゃうんだぜ、そりゃいいさ、おれのことだ。でも、相手は自分の全部がおれに見えるってことを知ってるんだぜ。ひでえことだよ、あんまりひでえよ。愛も情もおれの能力がぶっこわしちまうんだよ。いつも、そうだったんだよ。

海野　じゃ、なぜ抱《だ》いた。

幸村　無理いうな、六。

お霧　（冷たく見えるような調子で）佐助……あきらめようとしたの、あたし。でも、だめ。

佐助　わかってるよ。

お霧　ごめんなさい。

海野　あやまることねえだろ、畜生《ちくしよう》。

望月　海野。

海野　おれは、おれはね、お霧が、お霧もそういう女だったってことがいやなんだよ。いやなんだよ。

甚八　いやだったってしょうがねえだろ。

海野　いやなもんはいやなんだよ、うるせえな。（そっぽを向く。伊三はとっくに場をはなれている）

人足頭がくる。

人足頭　おい、昼休みは終わりだぞ！

誰も見向きもしないので、やむをえず去る。

佐助　あやまんのはおれだよ、お霧。おれは自信のない自分の顔を見られるのがいやでいつも姿をかくして。知ってたよな、お前はもちろん。

お霧　うん。

甚八　しかし、いやらしいなあ、話が。（これもそっぽを向く）

佐助　いちばんいやらしいのはおれがうぬぼれてたことだと思うんだよ。甘《あま》ったれてたことなんだよ。おれは、愛や情のつながりに自信がなくてこわくて、でも結局お霧にたいして卑劣《ひれつ》だった。おれはそこで愛や情じゃなくてこの能力で、役に立つことで、人につながろうと思った。しかし結局、へん、役に立たないばかりか、みんなのたたかいを邪魔《じゃま》し、ぶちこわしてることになっちまった。

幸村　それほどでもねえよ、佐助。

佐助　でも、おれはいらない人間なんでしょ、殿《との》。あんたの心は、そう、

幸村　心をのぞいてなにになるんだといってるんだよ。それをやめないかぎりお前、生きてゆくことも。
佐助　でも見えちゃうんだ、見えちゃう！（顔をそむけた）
幸村　さびしがりやだなあ。（間）人とつながろうと思うからつながれねえんじゃねえかなあ。……たたかいってのも、そうじゃねえかな。どうだ由利。
由利　実際的な意見じゃないな。殿《との》は結局政治家向きじゃないですね。
幸村　うむ。この国じゃ無理かな。
由利　ま、いいでしょう。そこで私の芸術の意味もあろうというもの。
　　なにやらさわぎが聞こえる。
幸村　なにかね。
甚八　行ってみます。
　　甚八、伊三、望月などとんで行く、騒然《そうぜん》としてきた。

伊三　（帰ってきた）タ、タ、タ……

幸村　なにが大変なんだ。

海野　（帰って来て）殿、内濠《うちぼり》を埋《う》めはじめたんです、徳川の役人の指揮で！

幸村　なに、内濠？

由利　裸城《はだかじろ》になっちゃうじゃないか！

望月　（と甚八ももどってくる）押《お》し問答がはじまっています。埋《う》めるのはそとぼりのはずだってこっちがいうと、いや、そうぼりだ、そう江戸から聞いてきた、と、こう……何分《なにぶん》、条約には記載《きさい》のない口約束ですから。

甚八　殿《との》。

幸村　なんだ。

甚八　これ、ある意味では……好《よ》い機会じゃありませんか？（にやりと笑う）

「ただちに抗議《こうぎ》の使者が関東へ送られた。しかし交渉《こうしょう》が長びくうちに工事は進められ、ついに大坂城は城としての価値を失った」

「三月、徳川はふたたび秀頼の国替《くにが》え、浪人《ろうにん》追放など、一方的要求を提出、豊臣はこれを拒否《きょひ》した。和議は破れた」

その三　大野修理なお策をたてる事

淀君《よどぎみ》の部屋。

淀君と秀頼、千姫、そして修理。

淀君　修理、ほんとにもう、勝ち目はないの？　どうしても、当家はほろびなければならないの？　ね、どうしてそうなってしまったの。（泣く）

秀頼　母さん。

千姫　お母さま。

淀君　あんたは黙《だま》ってて、お千。……あんたもお城と運命をともにするのよ、わかって？　あんたは徳川の娘《むすめ》だけれど、女がひとたびお嫁《よめ》入りした以上は、

千姫　ええ、しかたありませんわ。

淀君　あたり前のことなのよ、それが。

千姫　あたりが前なら近所は隣《とな》り。

淀君　なんですって。
千姫　いいえ。
秀頼　（笑う）
淀君　秀さん、だいたいあなたが、ああ、あなたのお父さまは、こうしてこうなるのだろうというようなことは、すくなくとも私と修理には、覚悟《かくご》の上のことだった……いやなものですよ、私に風邪《かぜ》をひかせたといってそばの人たちがくびになったり殺されたりするのを見ながら成長するのは。だから私は自分が、生まれつき残酷《ざんこく》なのではないか、人の命を大切にする心が欠けているのではないか、としょっちゅう自分に問いかけながら暮《くら》さねばならなかった。修理にしても同じでしょう、生まれたときから権力のそばで暮《くら》していたんです。……修理、私とあんたとは、いい組み合わせだったと思うよ。ねえ、なんでも皆《みな》でうんすんかるたでもやりながらきめればよかったね。そして話をつけておけば、正式の会議など開いたらすぐ終わりだ。それができない二人だったということは、結局……残酷だったんだね、私たちがいちばん。
修理　しかし、秀頼さま……私は後悔《こうかい》しておりません。つきましては、

秀頼　後悔ばかりだからだろう。
修理　つきましては、例の千姫さまの件。
千姫　なあに。
修理　お使者に立っていただけませんか、おじいさまのところへ。
千姫　へえ。
淀君　いけません、いけないにきまってるじゃありませんか。修理、なんてことを、あなたは。
秀頼　池がなければ弁天《べんてん》さま困る。うつっちゃったな。
淀君　秀さん！
秀頼　そのまま江戸では千を帰してくれまいというのでしょう。しかし、いいじゃないですか、それですくなくともお千一人は救えるのだから。
淀君　あなたは、秀さん、あなたは。
秀頼　（つよく）いいでしょう、好きな女の命ぐらい助けたって。え。
千姫　わ！
修理　万に一つ、大御所さまのお気持がやわらぐかもしれません、万に一つ。
千姫　そういうおじいさまじゃないなあ。それに秀頼さま、あたしあなたといっしょにいるわ、やっぱし。

淀君　（感動して）お千。

千姫　ほかに大勢おめかけいるのにチェッなんて思うけどさあ。でも調子狂《くる》っちゃうんだから、女なんてつまりませんよね、お母さま。

修理　わかりました……では、ほかに手を。

秀頼　しつこい人だなあ、どうせ無駄《むだ》なことはあんたがいちばん。

修理　（うすく笑った）はじめた以上、私はこの式でやってみたいと思うんですよ、最後まで。……あ、うっかり忘れるところでした。織田有楽斎《うらくさい》さん、先ほど城を脱走なさいました。

一礼して修理部屋を出る。同時に佐助がものかげから立った。修理が庭へ下りる草履《ぞうり》を揃《そろ》えたのはお霧。

部屋は暗くなる。

その四　修理難に逢《あ》う事

庭を行きかけた修理、家来が倒《たお》れているのに気がついた。闇《やみ》のなかから根津甚八、そして伊三が近づく。うしろに懐《ふところ》手《で》の海野六郎。

修理　なにものだ。（退路はお霧と佐助に絶たれた）

お霧　よんでもだめ……皆眠《みなねむ》ってるわ、薬で。

甚八　修理……きさまたちがあいまいな条約を結んだことにたいする城中兵士の怒《いか》り、知ってるな。

修理　知っている。しかし、私には私の責任のとりかたが、

甚八　退陣《たいじん》しろ。

修理　無駄《むだ》なことを。

甚八　させてやる。

白刃一閃《はくじんいっせん》。修理、手をやられた（作者註《ちゅう》、実話である）。伊三がかかろうとするところへ、

幸村　待て！　（登場）
甚八　殿《との》、おせっかいは、このさい。
幸村　（抜《ぬ》いて）さあ、敵になったぞ。
伊三　と、殿。
甚八　どうしてもいやですか、執権《しっけん》になるの。（かまえたまま）
幸村　いやだね、私が私でなくなるのは、おれが修理さんになるのは。お前ならやるか。
甚八　やりますとも。
海野　（口を出した）おい、執権なしで行くってのはどうだ？
望月　恰好《かっこう》がつくまい。（ぎたあるをもってる）
海野　カッコでたたかうんじゃねえぜ。
由利　ま、甚八じゃ新米《しんまい》のすし屋で押《お》しがきかない。
お霧　あとで殺すことになるかもしれないけど、手当てしとくわね。（修理の手に繃帯《ほうたい》する）
幸村　（甚八にたいしてかまえたまま）修理さん……こんどは出撃《しゅつげき》してたたかうしかありませんなあ、ちがいますか？
修理　まあ、ねえ……沿道の百姓《ひゃくしょう》たちの様子などだいぶしらべさせてみましたが、やはり頼《たよ》りにはならない。城中には大勢百姓出の雑兵《ぞうひょう》がいますけれど、進んで参加して来た彼らは、結局、村では余計もの、あるいは変わりものあつかいされている連中が多いのです。やはりそれだけ村とのかかわりがうすい。工作してはみましたが、

幸村　徳川にたいする一揆《いっき》を起こす可能性はない、というわけでしょう。

修理　ええ。

幸村　守護《しゅご》や地頭《じとう》にたいして一揆を起こした百姓を利用して、名主や豪族《ごうぞく》が戦国大名に成り上がった時代ではありませんよ。といって切支丹《きりしたん》も、だめだな、いまのところ。

望月　はあ、たとえば私だが、むかしいくさに馴《な》れたように、やはり十四年の平和に馴れた……結局、役に立たん、おれは。（ぎたあるをひき、歌う）どんなくるしみにも、人は馴れる……

修理　行くとこまで行かないと、立ち上がらないでしょうね、百姓《ひゃくしょう》たちは……

幸村　で、行くところまで行ったときには、しめつけられすぎていて、おそらく、力が足りない……

修理　しかしそういう人びとと結びつかないかぎり、武士が武士だけでたたかうかぎり、

幸村　そう、はじめから勝利はあり得なかった、大徳川の権力にたいして。たいへんな難題を背負いこんだものだな、あんたも。

修理　ご同情ありがとう。とにかくこの城に集まった連合軍は大事な芽だと思ったのですがね。弱いが大切な芽だと。……やはり、空前のことでしょう、いわゆる豊臣恩《おん》顧《こ》の武士以外に、これだけ……幸村さん、これはなにかになりはしませんか？　豊臣など、いや、あなたもわたしもほろびてしまったあとでも。

幸村　（笑って）おっかない人だな。私はせめてカッコよく死にたいと思ってるだけですよ、はじめから。ところがあんたは、

修理　ええ、カッコはあきらめています、執権《しっけん》になったときから。思うのですが、往生ぎわの悪いことだけが、私の政治家としての資格かもしれない。

幸村　そこだ。しかし私はじめこういう連中は、けっして粘《ねば》りづよくもないし、自分勝手の欲望を抱《いだ》くし、退屈《たいくつ》だと力や気持ちをもてあましてしまう。それがなぜ悪い、と思ってる。たたかいはこういうのがいるということの上に、やはり組まれるべきではありませんでしたかな。

修理　お気持ちは、よく……しかしわかったところでしかたないでしょう。

幸村　そう！……（はれやかに笑った）ところで、どうです。せめて最後を出撃《しゅつげき》して……死なせてくれますか、カッコよく。（笑いながら刀をつきつける）

修理　（苦笑）カッコよく、ね。

音楽。

その五　元和《げんな》元年四月、大坂夏の陣《じん》はじまる事

以下、合戦の雄叫《おたけ》びなどの効果音とともに、紗幕《しやまく》の向こうで合戦の描写《びようしや》（断片）がありたい。すべて夢のように見えること。

「歴史の示すところによれば、冬の陣《じん》がたたかいのない奇妙《きみよう》な戦争だったのに反して、夏の陣は乱戦につぐ乱戦であった」

「初夏の日ざしの下《もと》、随所《ずいしよ》に死闘《しとう》が展開した。四月二十九日、樫井《かしい》にて塙団《ばんだん》右衛門《えもん》戦死」

「五月五日、小松山にて後藤又兵衛《またべえ》基次、胸に銃創《じゆうそう》を受けて戦死」

（又兵衛が凄絶《せいぜつ》に死ぬ光景）

「翌六日、玉串《たまくし》川にて木村重成《しげなり》戦死」

（重成の死の光景――ものの本によれば、五月六日は暑い日で、兜《かぶと》をつけるものがほとんどなく、半裸《はんら》でたたかうものが多かった由《よし》）

「五月七日、天王寺の決戦。東軍十三万、西軍四万二千」

（たくさんの旗差し物が揺《ゆ》れ動く。雲が流れる。それが、やがてあかく染まって行く）

徳川兵とたたかいながら真田隊登場。〝ずんぱぱッ〟を歌いながら刀をふるう海野、甚八、伊三。

その中心に望月、ぎたあるをひく。

彼らが退場すると、傷を負った幸村がよろめきながら出てくる。徳川の武士が三人追いすがる。

徳川武士1　名のある武士であろう、名乗れ！

幸村　（死を覚悟《かくご》して堂々とかまえる）真田左衛門佐《さえもんのすけ》幸村。

武士2　なに？

幸村　真田幸村だといってるんだ。

武士1　（2と顔を見合わせた）聞いたか。

武士2　うむ。
武士1　替《か》え玉だぞ。きっと。真田影武者《かげむしゃ》。
武士2　む、冬の陣《じん》では、さんざん。
幸村　ば、ばか、本物だ！
二人　（幸村に）へん。（さっさと退場）

　　幸村がっかり。由利がくる。

由利　殿《との》。
幸村　おう。（そのはずみに、そばのさきほど海野たちに斬《き》られた死体につまずいてひょろりところぶ）む！
由利　どうしました？
幸村　（死体の持つ折れた槍《やり》の穂先《ほさき》が刺さっている）カッコ……悪い！（落命）

「五月七日、一心寺北側、安居《やすい》天神境内《けいだい》にて真田幸村戦死」
「同日、大坂城炎上」

紗幕《しやまく》の向こうに、ふたたび夢のように——燃えあがる炎《ほのお》のなかに、阿修羅《あしゆら》のようにたたかいぬいた果ての姿を屹立《きつりつ》させている大野道犬、それから秀頼、淀君。そして冷然と炎を見つめている修理。

修理　（ぽつりと）行くところまで行って……しかし、やはり、百姓《ひやくしよう》たちは立ち上がるだろう……立ち上がらないではいないだろう……（瞑目《めいもく》）幸村さんは、いい人だが、しょせん一人の道化ものだった。私も……私も道化だと思うことはたやすいし、死にのぞんでイキなことだが、やはり、そうはいい切れぬ気もする……あつくなってきたなあ……あついなあ……あつい！……（とびあがった）

その六　その翌朝の事

炎上する城を望む郊外《こうがい》の丘《おか》。
朝である。

佐助とお霧。それに千姫。

佐助　よく燃える……もうじき、天守閣も焼け落ちるな。

千姫　きれい……（しょげて）死んじゃったかしら、彼。

お霧　あたしたちが出てくるとき、もう、皆《みな》さん自殺の用意をなすってたでしょう……

千姫　逃《に》げればよかったのにね、彼も。

お霧　無理よ。この人（佐助）が忍術《にんじゅつ》つかって道を開いてくれたから、やっとあたしたち女だけ逃げられたんですもの。

千姫　いい人だったわ。（泣く）……おなかすいたわ。

佐助　そうですね、早くだれか、通りかかってくれないかな……信用のおけそうな徳川の部将が。（立って歩きまわる）

千姫　お霧さん、どうすんの、これから。

お霧　さあ。

千姫　江戸へ行こう、いっしょに。ね？　きめた。

お霧　だって、あの人が。（佐助すこしはなれている）

千姫　（小声で）大した人じゃないじゃない。

お霧　命の恩人よ、あなたの。
千姫　ほんと！（笑って）じゃ、あの人もつれてゆけばいい。（佐助に）ね？
佐助　（微笑《ほほえ》んでふりむく）
千姫　江戸って、いいわよ、活気があって、にぎやかで。しょっちゅう家が建ってるの、江戸よ。……あたし、ずっとお霧さんとともだちでいたいの。……お霧さんだってしあわせになれると思うわ、これから。ならなくちゃ！（笑い出して）平和になるのね、やっと！……やっぱり女には平和よ……落ちそうでなかなか落ちないのね。
お霧　え。
千姫　天守閣よ。

間。

佐助　（叫《さけ》ぶ）おーい、千姫さまはここだぞォ！　ここにおいでになるぞォ！
お霧　あの定紋《じょうもん》、どこかしら。
佐助　坂崎出羽守《でわのかみ》だろう。

千姫　（立ち上がって）おーい……

　間。はなやかな鎧《よろい》を着た徳川の部将坂崎出羽守が家来と走ってくる。

坂崎　おお、やっぱり千姫さま！……いや、お探ししましたよ、たしかにお落ちになったという情報がありましたのでね。ああ、よかった！……実は、こうおっしゃったんですよおじいさまが。千を救って来たものには、千を嫁《よめ》につかわす、とね。そこで独身ものは皆《みんな》もう夢中で……しかしこれで坂崎出羽、第一候補の資格を得たわけだ。姫さま、どうです、私。

千姫　そんなこと……（はじらって）もっとあとでいうてほしいわあ。

坂崎　ははは、これは失礼。では、参りましょう。

千姫　この人たち、うちの命の恩人。

　お霧しとやかにお辞儀《じぎ》。しかし佐助はすでに印を結んでいた。

坂崎　さようですか、それなら私にとっても、いや徳川家にとっても大恩人。さあ、ごいっしょに、どうぞ。

お霧　(千姫に手をひかれて行きかけて) あら？　あのひと。

千姫　え。ほんと、いなくなっちゃった。

坂崎　だれか、いたんですか。

お霧　佐助！　どこへ行ったの、佐助！

お霧うろうろ。そのすぐ近くに佐助いるのだが。

千姫　ねえ……くるつもりがあるなら、あとでたずねてくると思うな。行こうよ。

お霧　佐助……出てきて、おねがい、姿を見せて……佐助ェ！

千姫　いっちゃ悪いけど……捨てられたんじゃない、あんた。

お霧　佐助！

千姫　(お霧を抱《だ》いて) 行こう。ね。

お霧　いや、いやあ！

千姫　(坂崎にめくばせ)

坂崎　(うなずいて、お霧に) さ、参りましょう……(家来と、さからうお霧をかつぎ

上げてつれて行く）

みんな退場して、しゃがみこんだ佐助ひとり残る。

間。

佐助　さて……どうするかな、これから。……（びくりとする。佐助を呼ぶお霧の声が遠く聞こえたのか、空耳だったか）いい亭主《ていしゅ》をもってくれ。できねえとは思わねえんだ、おれ。お霧。いまお前、江戸へ行きたい気持ちがあった。いいことだよ。なのに自分にそれがあったから、それをおれに知られてる、と思うから、お前はよけいにくるしんで、結局つれて行かれてしまった。余計なくるしみだよな。お前がそういうやつだからおれ、お前が好きなんだってことも、わかっちゃいるんだけどな。（間）いったっけな、殿《との》が。人の心を見ているとお前、生きてゆくことも。でも見えるものはしょうがねえ。目の玉くりぬいて幕《まく》が下りる。ごめんだな。痛いものな。……ああ、天守閣、とうとう落ちた！

間。

佐助　どうなるのかな、これから。死んじゃったかな、やつら。殺されても死にそうなやつらじゃないけどな。さて、おれはまた、ひとりになったけど……また会うんじゃねえかな、やつらに、ふらふら歩いてっと……会いそうな気がしてきたな、なんとなく。（間。たのしげな、また不安な、顔で）どうしよう、会ったら。

佐助、ぶらぶら歩きはじめながら歌う。

「佐助のテーマ」

佐助　生きるか　死ぬか
問題なら
ひとりか　みんなか
問題だ
ひとりでないと
いっしょになれぬ

いっしょじゃないと
ひとりになれぬ
ひとりがいっしょで
いっしょがひとりで
ホイ
ホイのホイ
…………
紗幕《しやまく》が下りてくる。

「大坂落城の二カ月後、徳川幕府は武家諸法度《しよはつと》、公家《くげ》諸法度、僧家諸法度を発布、名実ともに日本の支配者たることを示した。また、民衆にたいして農・工・商・穢多《えた》・非人という身分制度をつくりあげた」

「こうして分権的封建制《ほうけんせい》の時代は終わり、集権的封建制の時代がはじまった。武士は剣を箱に弓を袋《ふくろ》にして太平の世の官僚《かんりよう》あるいは、文化人となった」

「だが、その後、大坂の残党も参加した島原の乱または木内宗五郎《そうごろう》の佐倉《さくら》事件など、一揆《いっき》、騒動《そうどう》のたぐいが絶えなかったこと、もちろんである」

幕《まく》が下りる。

『真田風雲録』の魅力

北村　薫
（作家）

わたしが中学三年か高校一年の頃、テレビで『太閤記』という番組が放送された。主演は新国劇期待の若手、緒形拳。日曜の夜八時からの、いわゆるNHK大河ドラマである。当時は、その時間になると大抵の家で、チャンネルを「1」（関東なら）に合わせていたものだ。うちも、そうだった。

大河ドラマは、新聞でも何かと話題になることが多かった。そういう中に、珍しいキャスティングに関する記事があった。秀吉の軍略面の水先案内人となる竹中半兵衛を、《役者ではない人》が演る、というのだ。

ところで広沢虎造、といっても今の人はご存じなかろう。『清水次郎長伝』——ことにその中の『石松三十石船』のくだりで大人気だった浪曲師である。文字通り、子供でも知っていた。その中に、大業をなす人には相談役がいるものだとして、《〽出世大将、太閤秀吉公に竹中半兵衛という人あり～》という一節があったと思う。昔は、こういうことは常識だった。

つまり、劉備玄徳に対する諸葛孔明のような役回りだ。では一体、誰が演じるのかと思って読むと、《福田善之》だという。劇作家だが、これが見た瞬間に竹中半兵衛である……らしい。

こうなると、ドラマというより、その役を演じるのがどういう人なのか、興味津々であった。そして、日曜日が来た。

竹中半兵衛と秀吉の出会いについては、確たる記録も残っていないのだろう。テレビでは、『三国志』の孔明と劉備のエピソードをそのままなぞっていた。木下藤吉郎時代の秀吉が、山中の草庵に閑居している半兵衛を何度か訊ねる。やっと顔を合わせることの出来た秀吉は、この名高い知謀の人を見つめる。

四十年ほど前の、ビデオなどなかった頃である。だからこそ、この場面は鮮やかな記憶となって残っている。白黒の画面に映った竹中半兵衛――福田善之の後ろには掛け軸が掛かっていた。そこには一字、――確か《夢》と書かれていたと思う。

それが、この人を知った最初である。

（右／緒形拳　中央／福田善之）

＊

大学時代、『真田風雲録』という傑作戯曲がある——という話は何かで知っていた。だが、その初演は昭和三十七年、映画化が三十八年で、わたしは、いってみれば間に合わなかった観客だった。

ところが、昭和四十八年、『真田風雲録』が角川文庫に入った。書店で見たわたしは、《ああ、これがあの——》と、手に取った。つまり、まず戯曲の形で出会ったのである。

読んだ。驚いた。

まぶしいばかりの才能とは、こういう作品を読んだ時に感じるものだろう。改めて、『太閤記』で、《竹中半兵衛ならこの人》と指名されたわけが、容姿などの雰囲気だけでないことが、よく分かった。しかも、その言葉を操る術や作劇の妙が、浮ついたものとなっていない。切れば血の出る思いが裏にあると、よく分かる。

重いことを軽く語るのは、難しいものだ。その技をやすやすとなして、作品世界は小揺るぎもしない。

すぐに東京まで、ハードカバーの戯曲集を買いに行ったことを覚えている。

後年、宮部みゆきさんが登場し、人の心を読む超能力者の孤独を描いた長篇を発表した。その時、わたしはすぐに『真田風雲録』を連想した。

戯曲の佐助は、登場してすぐに語る。

佐助　どうしてよ、どうして好きになれるよ、え？　自分の心の中を見すかしてしまうようなやつを？……いつだってひとりぼっちさ、おれは、だから。絶対に一人だったよ、これまで。これからだって。

例えばここが、《だから、おれは、いつだってひとりぼっちさ》とならずに、《いつだってひとりぼっちさ、おれは、だから》とたゆとう辺りも、まさに福田調である。そうでなければ表せないものが、ここにある。ファンとしてはぞくぞくしてしまうところだ。この原稿を書いている段階での、最新作『颶風《ぐふう》のあと』の準備稿を読ませていただく機会があり、そういう言葉の魅力をまた改めて感じた。

それはさておき、デビューの時期が近いこともあって、わたしには宮部さんとお話しする機会があった。『真田風雲録』は、ぜひ読んでもらいたいと思って角川文庫版をお送りし、大変喜んでいただけた。知れば、誰もが魅かれずにはいられない作品なのである。

＊

この《多くの人に読んでもらいたい》という気持ちから、わたしが『謎のギャラリー』というアンソロジイ・シリーズを編んだ時、強く思った。——ぜひ、あの戯曲を収録させていただきたい、と。

そこで、おずおずとお願いしてみることにした。この時の気持ちは、まさに《おずおずと》としかいいようのないものである。何しろ竹中半兵衛だ。わたしにとって、福田善之とは、伝説上の巨人に他ならない。怒られたらどうしようと、びくびくしていた。

ところが、案ずるより産むがやすしで、ご快諾をいただけた。

本が出てみると、まず、わたしより前の世代の方が、大変に喜んでくださった。

昔は《世代を問わず広く知られている歌》の代表が『青い山脈』だった。今の子は聞いたこともないらしい。『真田風雲録』初演の頃を生き、この劇に特別な思いを抱いている方々がいることは、少なくとも『青い山脈』を知っている時代の者なら、容易に想像出来る。

《嬉しかった》というお便りをいただき、中には舞台版と共に映画版も大好きで、そちらにだけ出て来る『みんな素敵な奴だった』こそ《わたしのマイラストソングです》とまでおっしゃる方もいらした。

とはいっても、これはある特定の時代、特定の層に支持される作品ではない。

無論、世界を共有した者達には、説明抜きで肌で触れるように感じられる部分がある。

幕が開いてすぐのところを見ただけでも、

六　おじさん、この子（お霧）かわいそうなんだぜ。こないだの戦争で身寄りみんなくしちゃったんだぜ。

という台詞がある。

これなど当時は、頭で理解するものではなかったろう。直接的な《響き》として《感じ》られたことだろう。城内での《会議は踊る》といったやり取りについても、同じことがいえる。

しかし、それを越えて『真田風雲録』は常に新しい。一言でいってしまえば、生まれながらの古典なのだ。

そのことは、若い読者の《熱中して読み、読了後もしばらくは、わッわッわッ ずんぱぱッという声が耳に響いて、消えなかった》という感想があったことからも分かる。

「第一 風の巻 その三」で、浪人達が、大坂方につこうと集まる。その数の予想外に多いのを見て、望月六郎は《そいつらの鬱屈した思いがおれには胸にきた。乱を好むのではなかろう。しかし、このままではただ生きているという名のみになる》という。

これは、多くの人が、一日一本の牛乳一個の卵を手に入れることが出来るようになっても、消えはしない思いだろう。

*

「その五」の中で、大野道犬が《だから私はいってるんだ、たたかいの魂というか、本質をつかまなければ、》といいかけ、織田有楽斎が《そうだ、精神の問題だ》と続ける。この時、佐助は敏感に反応する。

佐助　(思わず口走る)精神?

憤るのではない。それを越えて、別の世界を見てしまうのだ。こう口にされた時、《精神》という単語は記号となる。人を人たらしめるもの――大切な《言葉》が、そうなる時の荒涼に耐え切れず、佐助は《思わず口走る》。佐助とは、荒涼を見る人でもあった。

「第三　炎の巻　その二」には、こういう台詞がある。

幸村　たたかいとは、内心の声によって行なわれるものではないからな、おおむね。

佐助、お霧、修理……幾つもの忘れえぬ人間像を刻みつつ、同時にこういった洞察によって我々を立ち止まらせる。そして、これが肝心なことなのだが、どこをどう取り出してみても、たまらないほど面白い。

つまり、『真田風雲録』こそ、《信州は戸隠の山深くにね、ある夜、大きな流れ星が白く長く尾を引いて落っこった。でっかいならの木がまっぷたつにさけてね……あくる朝、その根元に》あったかのような傑作なのである。

付記　この稿をご覧になった福田先生が、『太閤記』（半兵衛草庵の場）の写真をお持ちだった。見せていただくと、掛け軸は先生ではなく、緒形拳の後ろにあった。考えれば、半兵衛は主人、藤吉郎は客。床の間を背にするのは緒形拳の筈だ。そこは違っていたが、掛け軸には確かに一字——夢と書かれていた。実に懐かしい。最近のことは、みな忘れてしまうが、昔のことは、このように覚えている。

下剋上のブルース

詞　福田善之
曲　林　光

〔人々〕
1. ひとをみたら
2. カゼうならば
オニとおもえ　オニをみたら　われとおもえ
うでをブさん　ナミたけらば　したをなめん
きのうのとも　は　今日のテキぞ　きのうのテキ　も
よわきをねらいつ　よきに日和れ　ひとすじのヤリ　か
今日のテキぞ
三　寸の舌か
マタ　から　のぞ　けば　天　地はさか
さ　ニッ　コリわらって　主を　刺さん　ホイ
ニッ　コリわらって　つまを　捨てん　ホイ

くるしみに馴れる歌

詞　福田善之
曲　林　光

〔望月六郎〕

どんな　くるしみに　も　人は
馴れるー　いつか　馴れる　馴れたときか
ら　またく　るしみが　はじまる
Fine
あた
らし　いくるしーみ　が　すぐ　ふる　くなり
また　あたらし　いくるしみが　はじまる
どんな　くるしみ　に
D.S.

お霧の歌

詞　日本古謡
曲　林　光

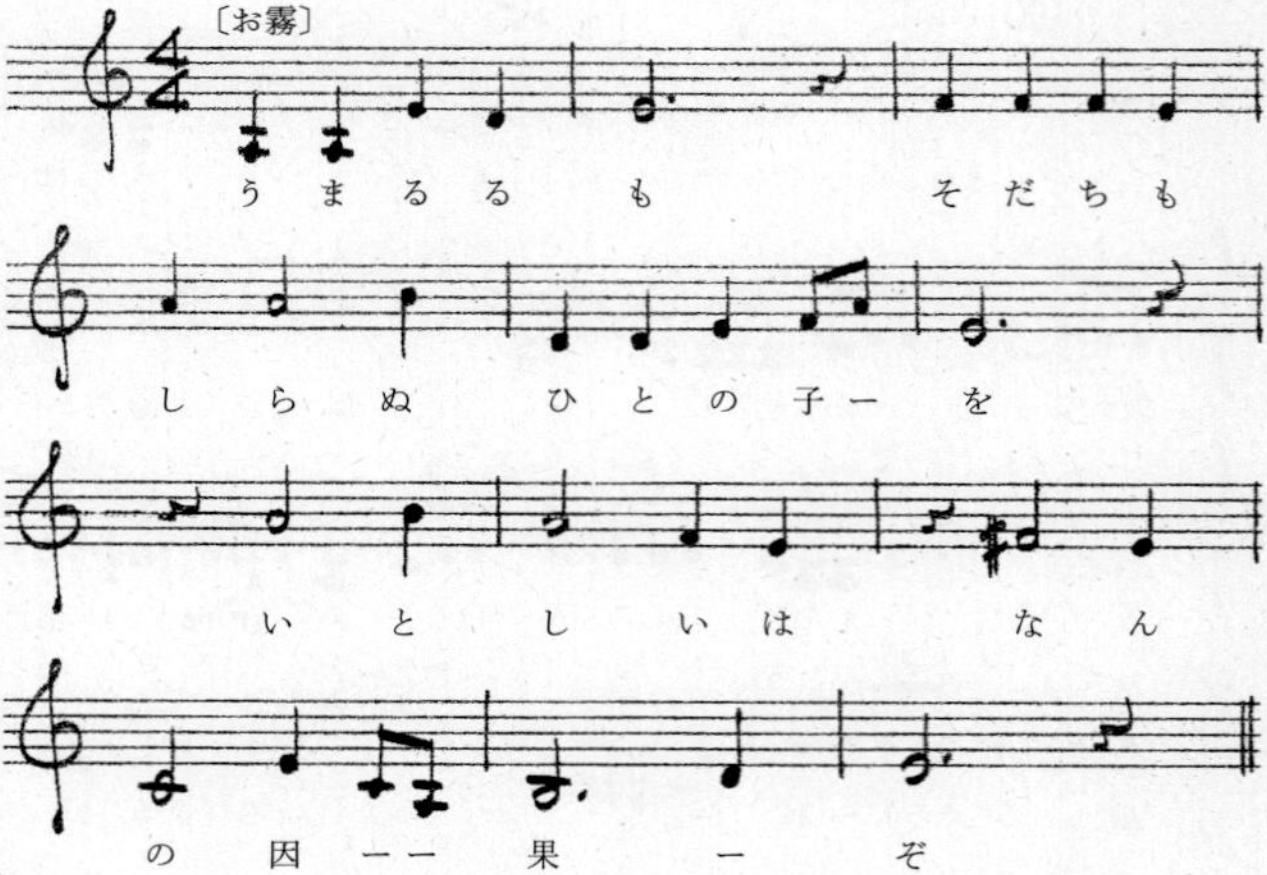
〔お霧〕
うまるるも　そだちも
しらぬ　ひとの子ーを
いとしいは　なん
の因ーー果ーぞ

真田隊マーチ

詞　福田善之
曲　林　光

ワ ワ ワ ワ ズンパパ
〔伊三〕
織田のぶながの　うたいけり　人間わずか
いこくのヒジリ　のたまいぬ　見よや野のユリ
〔多勢〕
ごじゅうねん　ゆめまぼろしの　ごとくなり……　か
そらのとり　あしたはあしたの　かぜがふく……　か
どうだかしっちゃあ　いないけど　やりてえことを
どうだかしっちゃあ　いないけど　生きてる気分に
やりてえな　テンデかっこよく　死にてえな
なりてえな　テンデいきがって　いきてえな
人間わずか　ごじゅうねん　テンデかっこよく死にてえ
あしたはあしたの　かぜがふく　テンデいきがっていきてえ
な　ー
な
パ パ パ パ　パ パ パ パ

地蔵舞い

詞　日本民謡
曲　林　光

〔一同〕
な にかかにか
で そうだ　なにかかにか　で そうだ
じぞうまいを　みまいな　じぞうまいを
み まいな
じぞぅ よ　じぞぅ よ ー なんでねずみに
かじられた　なんでねずみに　かじられた
ねずみこそ　じぞぅ よ　ねずみこそ
じぞぅ なら ー　なんでネコに（かじられた）
etc.

真田丸ロック

詞　福田善之
曲　林　光

〔一同〕
イエイ イエイ イエイ イエイ
ワーワ オー　どんがら がっか ちゃんがら がっか　ドイ ドイ ドイ
おれたちってよ　ー　わ か くって さ　く らい も な け れ ば
カ ネ も な い　だ か ら よ　ー　か ま や し ねぇ よ　ナ！
イッチョ いこうって さ　ー　お もっ ちゃう　へ イ　一、二、三、四、
五、六、十！　十 人　い た ら ば　た く さん だ　ソレ
イエイ イエイ イエイ イエイ　ワーワ オ ー　どんがら がっか ちゃんがら がっか
ドイ ドイ ドイ ドイ　ドイ　ー　ワオ

しだれ小柳

詞　日本古謡
曲　林　光

〔千姫〕
し　だれ　こ　やー　なー　ぎ　よう　じ　ぎにゃ
よ　いと　や　——　けずり　ほ　そー
め　ー　て　よう　じ　ぎにゃ　よ　い　と　や　——
ー　こ　やな　ぎ　やー　な　ー　ぎ　しんだ
れ　しんな　れ　やすいと　や　——

死なば夏死ね

詞　日本古謡
曲　林　光

〔千姫〕死 なば なつ し ―――― ね あお
〔お霧〕お かか たた き だ ―― せ がき
たの ー なか で ー ほたる
しめ ー ころ せ ー あなた
ひ と ー も ―― す せみ は ――
女 ―― 房 ―― にゃ わし が ――
なく ――
なる ――

どんづき

詞　福田善之
曲　林　光

籠城小唄（あなたなぜだか教えてよ）

詞　福田善之
曲　林　光

〔女たち。のちに望月と伊三〕
なんだかー　このごーろ　つかれーるー
なんでもー　このごーろ　あきちゃーうー
の　はり切っちゃー　いるんだけれど
の　いっしょけんめい　やるんだけれど
ふっとためいき　ついちゃうの　そーらのー
ふっとこころが　おるすなの　やさしいー
あおさもー　ものたりないの
ことばじゃー　みたされないの
まちのあかりに　いらつくの　ネェ　あなた
しらずしらずに　なけてくる　ネェ　あなた
なぜだか　おしえてよ――
なんとか　しちゃってよ――

佐助のテーマ

詞　福田善之
曲　林　光

〔佐助〕
生きるか　死ぬか　問題なら
ひとりか　みんなか　問題だ　ひとりで
ないと　いっしょにゃ　なれぬ　いっしょじゃないと
ひとりに　なれぬ　ひとりが　いっしょで
いっしょが　ひとりで　ホイの　ホイのホイ　ホイ　ホイ
ホイの　ホイ

みんな素敵な奴だった

（映画『真田風雲録』より）

詞　福田善之
曲　林　光

4
1. み　ん　なすてきな　やつだ っ た　ひとくせあったー
2. の　び　たさかやき　なでな が ら　そっとーためいき
やつだ っ た　お　とにきこえた 十 勇 士　そのなもさ　なだ
むしのいき　お　とにきこえた 十 勇 士　そのなもさ　なだ
十 勇 士　セキガハラ　では　しらなんだ　ろうじょうまえ にも
十 勇 士　ひがし　いこうか　にしむこか　どっち むい ても
しらなんだ　わかい　なかまのおれ たちが　こんな になるとは
てきばかり　くさばのかーげでない　ている　なかま のかーおが
しらなんだ　こんなになるとは しらなんだ
めにうかぶ　なかまのかーおが めにうかぶ
1
2
4

初演記録

「真田風雲録」

一九六二年四月　俳優座系スタジオ劇団合同公演（三期会・新人会・青年座・仲間・俳優小劇場）於・都市センターホール

演出＝千田是也　出演＝森塚敏、渡辺美佐子、池田一臣ほか

本書収録作品の無断上演を禁じます。上演ご希望の場合は、「劇団名」「劇団プロフィール」「プロであるかアマチュアであるか」「公演日時と回数」「劇場キャパシティ」「有料か無料か」を明記のうえ、〈早川書房ハヤカワ演劇文庫編集部〉宛てお問い合わせください。

本書は二〇〇二年三月に新潮社より刊行されました『謎のギャラリー——愛の部屋』（「真田風雲録」を収録）を底本としました。

福田善之《ふくだよしゆき》
I
真田風雲録《さなだふううんろく》

〈演劇 14〉

二〇〇八年三月二十日　印刷
二〇〇八年三月二十五日　発行
（定価はカバーに表示してあります）

著者　福《ふく》田《だ》善《よし》之《ゆき》
発行者　早川浩
印刷者　大柴正明
発行所　株式会社早川書房
郵便番号　一〇一 - 〇〇四六
東京都千代田区神田多町二ノ二
電話　〇三 - 三二五二 - 三一一一（大代表）
振替　〇〇一六〇 - 三 - 四七七九九
http://www.hayakawa-online.co.jp

乱丁・落丁本は小社制作部宛お送り下さい。
送料小社負担にてお取りかえいたします。

印刷・株式会社亨有堂印刷所　製本・株式会社明光社
©2008 Yoshiyuki Fukuda　JASRAC 出 0802893-801
Printed and bound in Japan
ISBN978-4-15-140014-8 C0193